Luna Caliente

热月

〔阿根廷〕曼波·贾尔迪内里 著
龙敏利 译

Mempo Giardinelli

漓江出版社

桂图登字：20-2018-213

图书在版编目(CIP)数据

热月 /（阿根廷）曼波·贾尔迪内里著；龙敏利译. —桂林：漓江出版社，2019.12
ISBN 978-7-5407-8753-0

Ⅰ.①热… Ⅱ.①曼… ②龙… Ⅲ.①中篇小说-阿根廷-现代 Ⅳ.①I783.45

中国版本图书馆CIP数据核字（2019）第223417号

热月

REYUE

［阿根廷］曼波·贾尔迪内里 著
龙敏利 译

出 版 人：刘迪才
策划编辑：陆 源
责任编辑：陆 源
助理编辑：林培秋 孙静静
装帧设计：周伟伟
责任监印：黄菲菲

出版发行：漓江出版社有限公司
社 址：广西桂林市南环路22号
邮 编：541002
发行电话：0773-2583322 010-85893190
传 真：0773-2582200 010-85890870-814
邮购热线：0773-2583322
电子信箱：ljcbs@163.com
网 址：http://www.lijiangbook.com

印 制：香河县闻泰印刷包装有限公司
开 本：787 mm × 1092 mm 1/32
印 张：6.25 字 数：75千字
版 次：2019年12月第1版 印 次：2019年12月第1次印刷
书 号：978-7-5407-8753-0 定 价：45.00元

目录

第二部分

第三部分

第四部分

尾声

第一部分

死是最要紧也是最古老的事，而我几乎敢断言，它是唯一的事。死是一件由来已久，却又永远新鲜的事。

——埃利亚斯·卡内蒂

《良心话》

第一章

第一眼见到她，他就觉得冥冥之中会发生点什么事。已经很多年没有回到查科了，再次重逢让人兴奋激动，而阿拉赛丽更是出落成了亭亭玉立的姑娘：一头乌黑亮丽的浓密秀发，一缕刘海儿使她清瘦的面颊更加迷人；一双黑亮的双眸流露出冷漠而机灵的眼神。她身材娇小，但是有一双修长的美腿，白色衬衫内刚刚开始发育的胸部若隐若现，令她骄傲之余又若有不安。拉米洛看了她一眼，才明白：阿拉赛丽不过才十三岁。

吃晚饭的时候，他讲述了他的过去，他在法国的留学经历，他结婚后又离了婚，一个大家眼中漂泊不定的游子的一切过往。其间二人多次目光交错。因为他周游世界，住在遥远的欧洲，等他再次回到故乡的时候已经是八年以后，快三十二岁了。整个晚上拉米洛都感到这个女孩在大胆地盯着他。她爸爸是一名兽医，曾经是他父亲的挚友，是他坚持邀请拉米洛来丰塔纳家里做客的，这里距离雷西丝特西亚二十多公里。

知了唱罢蟋蟀鸣叫，夜幕慢慢降临。晚饭时大家喝了科尔多瓦的红酒，那口感芬芳香甜，就像屋后风铃树上缠绕的野生兰花一样。天气愈加潮湿、闷热。拉米洛不知道从何时开始竟有些害怕，很有可能是他喝完第二杯咖啡，准备起身时，一不小心桌子下面阿拉赛丽冰凉的小脚碰触到他脚踝的那一刻，他有了那种感觉。

天气热得令人窒息，所以大家起身准备去花园里走走。这时拉米洛看了阿拉赛丽一眼，她的一双眼睛直勾勾地盯着他，一片坦然，而他却有点慌乱。他们二人手里拿着酒杯走在医生夫妇身后，医生显然已经喝多了，他妻子卡门嘴里不停地说着什么。其他的孩子都已经睡下了，只有阿拉赛丽例外，妈妈说她今晚有点反常，这么晚了还不睡觉。医生说："孩子们长大了。"阿拉赛丽假装移开视线，拉米洛则觉得她这样做无非是想让他看见她微笑的脸庞。

大家在屋后的花园里喝酒、聊天，一直到晚上十二点钟。今晚的聚会让拉米洛心神不宁，因为他忍不住一直看向阿拉赛丽，看着她短裙下那双古铜色秀腿上，淡淡的汗毛在月光衬托下发着亮光。他脑海里涌现出一种挥之不去而自己也不知该如何抑制的兴奋的幻想，似乎想让他融入他们的交谈当中。阿拉赛丽还是不停地盯着他看，那种执着似在挑逗，令他慌乱。

临告别的时候他笨手笨脚地把杯子打翻了，水洒在阿拉赛丽的裙子上。她撩起裙子擦拭，露出了颀长的秀腿，正好被他尽收眼底。医生夫妇二人喝得有点多，也说了几句打趣的话。

两个年轻人走在前面，本想打开门穿过院子到街上去。拉米洛抓住阿拉赛丽的一只胳膊，他感到自己很愚笨，很失望，因为他能想到的唯一一句话就是："我把你的衣服弄脏了吗？"

两人互相看着对方。他蹙了蹙眉头，发现自己因为兴奋而全身颤抖。阿拉赛丽双手放在胸前，显得酥胸更加诱人，她耸了一下肩膀，看着拉米洛说："没关系。"

拉米洛觉得她的眸光流转动人。

几分钟之后，拉米洛穿过马路钻进那辆借

来的四七年的老福特车里。他发现自己手心汗涔涔的，而他非常清楚，这些汗渍和闷热没有关系。于是他突然告诫自己一秒钟都不要再胡思乱想了，他狠狠地踩了几下油门，车竟然没有发动起来。他气得没有踩油门就转动方向盘，可发动机还是没有启动。他倔强地、愤怒地重复了好几次，搞出一阵噪声，最后竟把电瓶的电耗得一干二净。

“拉米洛，车子发动不了吗？”医生的声音从屋里传来。拉米洛心想这个醉鬼真是个蠢货，这不明摆着嘛。他夸张地擦了一下额头上的汗滴，从车里出来，踢了一脚车子。

“我不知道车子怎么了，医生，电瓶没电了。您能不能帮我推一把？”

“不用了，你今晚就睡这里得了，明天我们再修车。已经这么晚了，天气又这么热，你回雷西丝特西亚的路上可能还会再出毛病的。”

没等拉米洛回答他就回到屋里，告诉他老婆把布拉乌利多的卧室收拾出来给拉米洛。布拉乌利多是家里的老大，正在科连特斯上学所以不在家住。

拉米洛心想他会不会为自己的愚蠢行为感到后悔，自己到底在做什么？他杵在路上迟疑了一会儿，但是当他看到楼上的窗户边阿拉赛丽一直看着他的时候，他改变主意了。

第二章

给他准备的那间卧室也在楼上。医生邀请他再喝一杯，他拒绝了。与医生夫妇告别之后，他把自己关在房间里，坐在床边，双手抚着头，呼吸紧促，他问自己难道是查科炽热的夏天让他这么燥热难耐？但事实并非如此，他必须承认他无法忘掉阿拉赛丽那古铜色的肌肤，更忘不掉她那未发育完全，并不丰满的双峰散发出来的诱惑；还有她的眼神，到现在他还在怀疑那到底是少女纯情的目光还是充满魅惑的眼神，抑或是两者皆有。

他想，没错，两者皆有。他下身一紧，胀得难受，好像裤缝都要被撑破了。他感到心烦意乱，口干舌燥，头疼欲裂。

他必须去厕所。他想去，想看看……当他打开房门的时候，走廊一片漆黑。他停了一会儿，斜靠在门框上让自己慢慢适应夜晚的黑暗。左边有两扇紧闭的门，他猜想应该是医生夫妇和孩子们的房间。第三扇房门半掩着，门缝中射出微弱的灯光。他知道那是阿拉赛丽的房间，因为晚上他就是从那间房子的窗户看到她的身影的。第四扇门里头看到了白色的洗脸池，他悄悄进去并偷偷看了看亮灯的那个房间，但是没有看到她。

他脱下裤子坐在马桶上，把头发捋到脑后。他头疼得难受，不停地冒汗。在洗脸池上方的小玻璃门后面找到了阿司匹林，他吃了两粒。接下来好长一段时间他都在洗手、洗脸，揉搓着眼睛。他不敢想，但是立刻又意识到不想那样做，因为有个声音告诉他已经知道将会发生什么事了，他自己的焦虑不安也预示那将是一个悲剧。害怕、兴奋将他团团包围，他思绪全无，只能逃跑，因为今晚查科的月亮太炽热了，他很不舒服。外边寂静一片，对阿拉赛丽的思念又让他的欲望难以控制。

他走出卫生间，穿过走廊，又向那个房间偷看了一下，还是没有看到她，之后重新把自己关在房间里。他和衣躺在床上，强迫自己睡觉。早已没有了时间概念，一会儿之后他解开衬衫扣子，在床上辗转难眠，脑海里挥之不去的是她的倩影，心里想着的是她少女的胴体。他不知道该怎么办，但是必须做点什么。他抽了不少烟，其实好几支烟都只是抽了一半，最后他站起来看了看手表：凌晨一点半。我到底在做什么？他问自己，我得睡觉了。可是他又打开房门去了走廊。

周围一片寂静。阿拉赛丽房间那扇半开的门缝里再也看不到灯光了。炙热的月亮将暗淡的光芒透过窗户射进走廊。他茫然不知所措，内心责怪自己荒唐的想法。孩子们长大了，但是没这么快吧。不错，她曾痴迷地看着他，但这并不意味着她想勾引他。她还太小了，明显还只是个小女孩。所有这些都是他自己胡思乱想的，是他自己肮脏的欲望。可是他想她应该睡着了，这只诱人的小羊羔因为害怕睡着了。他的恼火让自己吃了一惊，不过胃里的不适缓解了很多。他穿过走廊向厕所走去，告诉自己上完厕所后马上回来睡觉。正在这个时候，他听到了阿拉赛丽在床上翻身的声响，于是他走向那个房门向里头望去。

阿拉赛丽闭着双眼，面朝窗户和月亮。半裸着的身上，只有一条紧身的丁字内裤遮着她那并不圆润的臀部。一条腿上裹着床单，另一条腿露在外面，那条床单好似一具若隐若现的男性的阳物在她下体游荡徘徊。她把胳膊放在胸前，枕着左手进入梦乡。拉米洛站在门口看呆了，喘着粗气，喉咙冒烟，很快他感觉到了自己身体上的变化。

她睡着了，可忽然又被梦惊醒了，换了个姿势仰面躺着，胸部就脱离了胳膊的遮掩裸露在外面。突然，她向门口望去，她看到了他，于是马上用床单裹住自己的上身，而右腿却露在外面映出了月亮的光泽。

两人就这样互相注视了几秒钟，拉米洛走进房间关上门。他斜靠着门，满怀渴望，发现她的胸部快速起伏着、颤抖着，而他微笑着想安慰她。或许是因为太紧张了，她不安地看着他。他慢慢地靠近床沿，坐下，看着她那双透彻的眼睛，好像这样他就可以处于主导地位。他伸出一只手开始轻轻抚摸她的大腿，几乎还没有触碰到它，就感觉到了阿拉赛丽轻微的颤抖。他用手紧紧抓住她的腿，在她身边躺下，靠近她，脸上露出一种痛苦的微笑，确切地说是一张扭曲的面孔，他咬紧牙关发出咯咯的响声，竟扯动他的左边脸颊也随之悸动。

“我只想摸摸你，”他说着，声音非常微弱，几乎听不见，他承认自己已经饥渴难耐了，“你真是太美了……”

于是，他开始用两只手抚摸着她，眼睛顺着手的方向，沿着腿部缓缓上移，经过臀部，然后双手停留在她的腹部，接着慢慢地、温柔地游离到她的胸前抓住两个柔软的部位。她不停地战栗，躺在那里一动不动。

拉米洛再次看着她的双眼，说：“你真是太迷人了。”直到这时他才发现她内心的恐惧，因为害怕她僵在那里一动不动。她张大嘴巴，眼睛瞪得圆鼓鼓的差点儿喊出声来。

“别怕，别怕……”

“我……”她小声说道，“我喊……”

他立刻用一只手捂住了她的嘴巴不让她喊出声来。两人互相挣扎着，他求她不要喊叫，把她压在自己身下，紧紧地抱着她，一边抚摸着，一边亲吻着她的颈部，并在她耳边轻声细语地让她安静。可激情让他害怕但欲望又不断高涨，他开始撕咬她的嘴唇让她无法喊出声，他用舌头顶开她的牙齿，右手伸向她的下身，那片茂密的森林使他更加疯狂。她绝望地使劲摇头，想要挣脱拉米洛的双唇好让自己能够正常呼吸。谁知此时的拉米洛已经完全疯狂、暴怒，他打了她一拳，他自认为动作比较轻柔其实力度很大，让她安静下来的同时也让她开始轻声哭泣，虽然嘴里不停地说着“我喊人了，我喊人了”但却没有这样做。拉米洛松开手让她呼吸、呻吟。他脱下她的丁字内裤，解开自己的裤子。正当他要进入她身体的时候她大喊一声，他赶紧用嘴巴堵住她的嘴。现在阿拉赛丽的哭声更大了，拉米洛又打了她一拳，这次比之前力道更重，然后他用枕头捂住她的脸。虽然阿拉赛丽像一只小动物，像受伤的小鸽子一样奋力抵抗，可他却一直在她身体里不停地抽送着，痉挛着。精神恍惚间似乎有一个声音告诉他说他简直禽兽不如，他赶走那个声音，把捂在阿拉赛丽脸上的枕头挪开了一点点，于是一张满是泪水、扭曲变形的脸惊恐万状，看着他犹如见到魔鬼一般。他赶紧再用枕头捂回去，隔着枕头狠狠地打她。对拉米洛来说想要制止她易如反掌，她反抗了一会儿就慢慢地安静下来。他一脸冷漠地看向窗外，不知为何嘴里不停地说着：“今天晚上丰塔纳的月亮太热太撩人了。”

第三章

他不知道自己是怎么出来的，等回过神来的时候已经站在福特车旁，还不停地喘着大气。他打开车门坐在驾驶座上，发现自己太紧张了根本无法开车，他完全蒙了。于是他点了支烟，看看时间：两点二十五分。

他满意地吸了一两口烟，心想如果现在能喝上一大口烈酒该多好呀！他必须好好整理一下自己的思绪。很显然目前最重要的事就是逃跑。刚才阿拉赛丽不反抗了，就像陷入了沉睡似的，而他什么都不记得了。他没有检查她是不是真的死了，一想到自己突然成了杀人凶手他非常恐惧。

可是逃跑也并非易事。逃到哪里去呢？去巴拉圭，这里距离边境只有三个小时的车程，穿过边境第二天再好好筹划。他可以给几个朋友打电话，向他们解释……解释什么呢？他如何开口解释这个恐怖的夜晚，解释自己的禽兽行径？最好还是消失的好，可以隐姓埋名，穿过巴拉圭到玻利维亚去，或者去巴西也行，躲藏在亚马孙森林里。

我真是疯了。如果我去自首呢？这无疑是最可行的，也是最人道的、最适合自己的一条路：接受法律的制裁。他可以、他应该马上找个律师陪他去警察局，为以防万一，他被关在一个可以睡觉的牢房里。睡觉！他现在多想好好睡一觉呀！想忘记他的轻率鲁莽，忘掉他的禽兽行径，连他自己都不认识自己了，想起这些他对自己厌恶至极。

可是他不能自首，不能，他无法接受人们，尤其是他的亲人、朋友们对他的鄙夷。仅仅在三天前，漂泊八年后的他终于回到故乡查科，大家热情地接待了他，那种热情不减当年，自己的同乡能够周游世界让家乡的亲人们多么羡慕呀。他是法国大学毕业的年轻律师，法学博士，行政管理法专业，很快就可以到东北大学执教。他不敢想象如果母亲知道他是杀人凶手的话，他该如何面对她，而且此事还会引起社会舆论。不，他绝对不允许自己走自首这条路。

那么，他也可以自杀！开着那辆八气缸的大篷福特，犹如一副两吨重的光亮亮的大棺木，在巴拉那到科连特斯的桥上以每小时一百公里的速度狂奔；在过了收费站后一公里处，只需要猛力旋转方向盘，汽车就会冲出路边的防护栏，跌落到一个百米深渊，掉入河流的最深处，那样他肯定就没命了……那样真的会死吗？可万一……？没有万一，现在不是活不活的问题。很简单，是他根本没有自杀的勇气，或者他根本就不想自杀。如果有一点能肯定的话，那就是他不会自杀，起码潜意识里是这样想的。

他点燃一支烟，想着：此时此刻我唯一能做的就是逃跑。如果真的要逃的话，最好的去处就是巴拉圭，因为不管在科连特斯、米西翁或者本省的任何一个角落，明天一大早他们就会抓到我，况且还有这辆根本无处藏匿的汽车。

他很快决定好了接下来要做的几件事，不多但是要迅速：回家找件衬衫，拿上所有的钱、证件，再带一瓶杜松子酒，或者随便一瓶烈酒马上离开；半路上给车加油，然后马不停蹄直到克罗里达。

再穿过河流直奔亚松森。在那里找个宾馆好好睡一觉，睡他个地老天荒，然后……然后再做打算吧。

他插上钥匙准备发动车子，正在这时，一只手放在了他的肩上，他感觉自己被吓得尿裤裆里了。

第四章

“拉米洛……”那个人推了他一下。

拉米洛回过头，医生站在车窗外笑眯眯地盯着他。他目光呆滞、无神，口气从齿间喷出，因为他艰难地想从牙缝里抠出一块食物残渣。一股浓烈的酒气扑鼻而来，好像灌了几十升的红酒。

“医生……”拉米洛做了个鬼脸，他自己也不知道那是不是笑容，“您吓了我一跳。”

“还有烟吗？”

“嗯，有。”他赶紧把整包烟都递给了医生，还掏出了打火机。

“我睡不着，”医生说，猛烈地咳嗽了几下，清了清嗓子，“天气热得难受，咳咳……我可是每天晚上都会偷偷溜出去的。”

拉米洛一下子绝望了：太过热情的醉鬼最让人讨厌。他心想刚才发生那件事的时候这个家伙会在哪儿呢。很显然他什么都没有看到，什么也没听到。可如果这是个陷阱呢？不可能，看他醉成这个样子，如果他知道发生了什么事他的反应不会是这样的，也不会向他要烟抽。不管怎样他必须得走了，马上！

“我正要走呢。”

“车子修好了？”医生靠着车窗，一只脚踩在踏板上，边抽烟边跟他说话，嘴里的臭气喷到他的脸上。

“是的，我觉得应该修好了。”他十分焦急

地发动了车子，“之前应该是发动机有问题。”

“带我去溜一圈。我们去雷西丝特西亚，我陪你去，在那里的星辰酒吧我们再喝一杯。”

“不行，医生，因为……”

“因为什么？”医生气愤地在他胸前打了一拳，“我邀请你，都不给我面子？”

医生后退了几步，差点儿摔倒在地上，他努力让自己站好，然后摇摇晃晃地从车前绕过，打开副驾驶的车门艰难地坐了进去。

“我们走吧！”

“不行医生，因为完事后我无法送您回来，车子是胡安·高姆卡的，我得把车还给他。”

“见鬼，我知道车是高姆卡的！”

“可是我得把车还给他！”

“没关系，你把我放那里就行。我可以走回来，坐公交车，搞什么鬼，我就只想跟你喝一杯。为了你老爸，你知道我跟你老爸关系有多好吗？”他说着，感觉要哭了的样子，“我很爱他……”

“我知道，医生。”

“别叫我医生，叫我布拉里奥！”

“好吧，可是……”

“布拉里奥，我说过了，叫我布拉里奥！”一个酒嗝儿淹没了他的声音，这家伙喝了多少酒呀。

“布拉里奥，你要相信我，我真的没法儿带您去，我还有事要办。”

“这么晚了你有什么破事要办，嗯？现在都……几点了现在？”

拉米洛看看手表说：“三点了。”他内心非常慌乱，这样下去天亮之前他不可能赶到克罗里达，他不想白天去，而且他还没有回家取钱和证件呢……

“好了，挂挡，我们走吧！”

拉米洛只好发动车子，心想在雷西丝特西亚肯定能想到办法将这家伙甩掉。而此时他必须好好计划一下，不能再浪费时间了。

“见到你我太高兴了，小伙子。”医生说着拿出一小瓶酒来。拉米洛纳闷儿，这酒从哪儿来的呢？他一直在手里拿着呢还是装在裤兜里的？他心情很烦躁，因为他发现自己马上就会被邀请喝酒，如果他拒绝的话医生肯定会生气的。“我和你老子那关系可不一般呢，来！喝一口！”

“不用了，谢谢！”

“妈的，看看那些滴酒不沾的家伙有什么好的。来，我让你喝！”说完硬把酒瓶扔到拉米洛脸上，结果不小心车子跑偏了几米，拉米洛赶紧把车子控制好。

“谢谢！”他拿起酒瓶靠近嘴唇，但是一滴也没有喝。他现在需要的不是酒，况且目前这种情况最好不要喝酒，因为他要开车，他也需要保持清醒的头脑进行思考。当他把酒瓶还给他的时候，心想如果能套出来他刚刚都做了些什么，那未尝不是好事。

“医生，您刚才去哪儿了？我以为您去睡觉了。”

“每天晚上我都会开溜。跟卡门这样讨厌的老女人睡觉真让人恶心。”说完自己先笑了。

“她实在让人性趣全无，”他一边打着酒嗝儿一边下流地笑着，“可怜的女人，她早已风华尽失，人老珠黄了！”他继续笑着，那种笑容真令人生厌。

“去哪儿？”

“谁去哪儿？”

“您！每次开溜的时候。”

“买醉！”

“那今天晚上您干什么了？”

“我不是告诉你了吗，年轻人，我买醉去了！我很清楚自己在说什么，不是吗？就像加西亚·洛尔卡说的：丁是丁，卯是卯。”

“您说的没错，不过您在哪儿喝的？我没听清楚。”

“在厨房，我家里从来不缺酒，有很多。全世界最好的酒给布拉里奥·特内保医生，我们那一届罗萨里奥医学系杰出的临床医生，”他用手擤了一下鼻涕，然后在自己裤子上擦了擦，“可最后却待在了这个狗屎一样的地方。”

驶入大路之后拉米洛就加大油门，福特在夜晚呼啸而过，像要撕破夜空，八个气缸也在完美地配合着。高姆卡真是个了不起的改装师，这样下去他很快就会到达克罗里达。突然，他警觉地问自己：如果这辆汽车的所有手续都齐全，那么他就可以穿越贝梅霍河进入福尔摩萨省境内，那里有一个边防警察队。他在汽车的杂物盒里翻来翻去，找到了汽车的所有资料，现在万事俱备，但是得想办法甩掉特内保。

“你觉得阿拉赛丽怎么样？”他问。

拉米洛抽搐了一下，什么也没有说，但他知道旁边的家伙正在盯着他看。

“我女儿很漂亮对吧？可是她要成为坏蛋的女人了。”

拉米洛握紧方向盘，沉默不语。远远地已经能看到雷西丝特西亚的灯光闪烁。

“如果有人敢欺负她，我绝不轻饶。不管是谁，我一定要杀了他！”他继续说道。

拉米洛想起枕头下阿拉赛丽反抗的样子，她的力气慢慢耗尽，像一只受了伤但又桀骜不驯的海鸥一样，最终一动不动。他不禁打了个寒战，余光发现医生正紧紧地盯着他，这令他万分紧张。如果他知道真相怎么办？如果这一切都是他设计好的，就像拿出一瓶红酒那样，现在他突然掏出一把手枪自己该怎么办？他感到恶心，一股强烈的眩晕突然袭来。

他偏离车道，把车子停靠在路边，赶紧打开车门，伸出头呕吐起来。

“你不舒服了！”医生说。

“废话，”拉米洛吼着，“这不明摆着嘛！”

他低着头，保持这种姿势待了一会儿，从裤兜里掏出一块手帕把嘴巴擦干净。之后还是保持同样的姿势，告诉自己他现在特别害怕。如果真是一个陷阱，那么医生早就知道他女儿的事了，所以最好现在就把他干掉，来个一了百了。

第五章

一辆警察巡逻车在福特后面停下，车顶的探照灯直对着拉米洛和医生。特内保仰头又喝了一大口酒。

“该死，放下酒瓶，不许动！”

“警察过来，这关我屁事？”

“可关我的事，你这个蠢货！”拉米洛低声咆哮着，从他手里夺过啤酒瓶扔在车里，“你想让咱们吃子弹吗？”

“不许动！”声音从警车里传来，平静得近

似柔和，霸道而又坚定。

从后门下来两名警察，拉米洛透过后视镜观察着他们。第三名警察推开右前车门，三人持枪迅速包围了福特。其中两人手持霰弹枪，是伊萨卡霰弹枪；前边那个看起来长官模样的人手里拿的应该是一支符合身份的45式手枪。

“举起手来，不许动！你们已经被包围了。”

“一切正常，长官！”拉米洛大声回答，努力让自己显得镇定自若，“请继续。”

警察靠近他们的车窗朝车内看了看。拉米洛猜想另外两个警察应该在暗处正拿枪瞄准他们呢。而第四个也就是开车的那个，想必此刻正通过无线电和警局取得联系，而且随时有可能会出现一辆军队的坦克。别人就是这样告诉他的，这个国家从几年前就是这样子。

“告诉我证件在哪里？”警官问道，“不许动！”

"我的证件在钱包里，"拉米洛说，"钱包在我裤子后面的口袋里。"

他们两人都等着特内保说话呢，可是他好像睡着了。

"他是布拉里奥·特内保医生，是丰塔纳人，"拉米洛解释说，"他喝醉了，长官，好像睡着了。"

"下车！"警察左手打开车门，右手一直拿枪指着他。的确，那是一只45式手枪。警察继续说道："现在站着别动，举起手来！"

接着他叫来了另一名警察，这名警察又重复了一遍命令，他们不得不摇醒特内保。这家伙默不作声地下了车，举起双手站在离车两米远的地方。

警官检查了他们二人的证件，此时另一名警察在车厢内翻来翻去，座椅下面、脚垫下面、仪表盘后面、杂物盒还有后备厢，都认真地检查了一遍。

检查完毕之后，警官问：“你们为什么停在这里？”

“我和特内保医生，我们两人都感觉不舒服。尽管我滴酒未沾，但我还是很不舒服，”他指着汽车旁边的呕吐物，“请原谅……”

“原谅你什么？”

“那个，您刚刚踩了的东西。”

警官吃了一惊，赶紧在地上蹭了几下。拉米洛心想如果不是在这种场合他肯定会忍不住笑出来的。

“你们要多加小心，这段日子晚上这个时候，老百姓的任何可疑行为都会让警察盘查的。”

拉米洛心想，就是停在路边呕吐一下有什么值得怀疑的？他非常讨厌被人当作老百姓对待，可是大家都说最近几年这个国家就是这样的。他沉默不言，心脏都快跳出来了。夜已经很深了，月亮还是那么炙热，但阿拉赛丽的尸体在她房间应该已经渐渐没了温度。此时此刻他好想大哭一场。

“你们请继续！”警官说着，让他们的人回到警车上，然后开着车子扬长而去。

他们两人一声不吭地坐进福特车里，拉米洛发动车子，这时他感到两行泪水顺着脸颊淌了下来。

第六章

医生首先打破了沉默，他声音柔和但还是结结巴巴地说："这个国家简直就是臭狗屎，拉米洛。它曾经是那么山清水秀，如今完全被他们糟蹋成了一坨臭狗屎。"

拉米洛不清楚他的酒劲是否已过，医生的声音与其说是苦涩，不如说是伤感，非常伤感。

特内保继续说："在这里希腊的原则被扭转：算术是民主，因为它教人平等与公正之间的关系；几何是专制，因为它体现的是不平等之间的比例。这是米歇尔·福柯说的。你读过福柯的书吗？”

“上大学的时候读过一点。”

“所以，他们把这个原则调转方向了。现在我们国家是越来越几何化了，因此也每况愈下。”

“您在哪里下车，医生？”

“我不下车！”

医生坚定地回答，像是在下命令。拉米洛突然又害怕起来：他知道他女儿的事了吗？还是……只是陷阱？这一切何时是个头呀？

不知不觉中他已经改变行车方向，汽车没有去市中心，而是向他母亲的家驶去，他从巴黎回来之后一直住在那里。他加速到市内规定的最高速度，他不想再碰到警察了，也不想再忍受这位医生了。走着瞧，看他要怎么对付这家伙。

到达之后他停好车，让特内保等他一下，没

等他回答就进了家门。他悄悄地又迅速地收拾起自己需要的东西来：护照、几千比索、剩下没换的五百美元、一条裤子、一件衬衫。他把这些东西塞到一个超市购物袋里，不声不响地离开家门，就像个不相干的人一样丝毫没想看他的母亲和妹妹一眼。

上车之后他向市中心驶去。已经凌晨四点二十分，无论如何等到边境时天就大亮了，太遗憾了！但是他想尽早到达，再不能浪费时间了。他累了，厌了，倦了，始料未及的这一切让他不知所措。默默地，他有一个不可逆转的信念：他现在就是一个逃犯，一个会在边境被通缉的杀人犯。甚至巴拉圭也并非安全之地，但是他别无选择。他得穿过那里然后去玻利维亚，再到秘鲁，到亚马孙。不管去他妈的什么地方，现在马上就得离开，他心想。

车子行到古尔梅斯和七九大道拐角处时他突然刹车。

“好吧，医生，我就到这里了。您在哪里下车？”

“你呢，你去哪儿？”他说话的声音比之前清晰多了。拉米洛觉得这短暂几分钟的等待中，医生可能睡着了，或者尿裤子了。对醉鬼们来说，撒泡尿或者睡一会儿总归是有好处的。

“我去钓鱼。”

“这个点去钓鱼？”

“老头儿，够了，行吗？我想去哪儿就去哪儿。我现在就走，明白吗？”这一切之后他终于怒了，很显然他认为再也不会和布拉里奥·特内保见面了。相反，他在尽力和他保持最大的距离，因为几个小时之后，等发现女儿尸体的时候，正是这个男人展开狩猎的时候。

“你休想丢下我！”医生冷冰冰地说。

“你想怎么样？”拉米洛胆怯地、小心翼翼地问，声音响亮而严肃。

“继续喝酒，继续聊天。”

“听着，似乎您的兴致比我高呀，恕我不奉陪，下车！”

“妈的，你别想甩掉我。”他依然冷漠地、不紧不慢地说道，“你以为今天晚上我没发现你是怎么看着阿拉赛丽的吗？”

第七章

此时此刻医生的威胁让他害怕，所以他不假思索就狠狠地一拳打在医生的下巴上。特内保没料到这个，朝后面倒去，撞在了车门上。但是他并没有晕厥，而是闷哼了一声，嘴里还骂骂咧咧，也准备出手还击。拉米洛第二拳不偏不倚正好落在他的鼻子上，紧接着第三拳打在他的牙床上，就这样医生被打晕了。

十分钟后福特在路上飞奔，尽管这款老爷车没有计速器，但是拉米洛估计时速起码有一百三十公里。这辆车太老了，差不多三十岁了，不能跑得再快，可是这没有关系。很显然，经过高姆卡之手改装过的汽车，它的发动机跑起来跟新的没什么两样。

输就输吧，他心想，既然已深陷其中，就只能破釜沉舟。他心想，既然已深陷泥潭，就只能破釜沉舟。游戏—逃离，逃离—窒息，窒息—打击，打击—黑衣，黑衣—鸣啼，死亡之鸣啼，鸣啼—倒霉，太倒霉了。他玩这种文字游戏只为自己不要胡思乱想。尽管他努力克制自己不去想，但是他相信自己做得滴水不漏，那家伙没有断一根肋骨，没有掉一颗牙齿，只是毫无迹象地晕过去了。他被自己的这种冷漠震惊了，他从未想过，一个人在不知不觉中变成杀人犯后，突然间能克服种种偏见变得如此冷漠、无耻。

就像很多年前，他还是孩子的时候，他父亲

过世了，一段时间之后他们决定离开原来住的地方，搬到基迪里皮和亲戚们一起生活。当时那边正是棉花收割旺季，这样就可以让他母亲转移注意力，避免天天以泪洗面。一个周末他要去雷西丝特西亚一趟，他当时得了什么病现在记不起来了，只记得要去做个病理化验。路过家门口时，他回家给母亲拿几件换洗衣服，叔叔在车里等着他。母亲当初离开时不小心没有把门窗关好，从餐厅的窗户跑进来几只猫，在餐桌下面定居下来。事实上，短短的几个星期里它们已经占据了餐厅和厨房。当看到两只硕大的野猫听到他的脚步声后迅速逃离时，他感到恶心至极，非常气愤。看着眼前这幅肮脏、恶心的画面，他站在那里一动不动，直到发现了桌子下面的四只小猫崽在四下乱窜，像是在寻找避难所。于是他冷漠地关上了那扇朝着院子的窗户，关上厨房的门，还有他进来时打开的、和家里其他地方连接的门。这种报复行为令他暗爽，他返回到车里，拉蒙叔叔在那里等他。差不多一个月以后，当回到雷西丝特西亚的家里，当看到地上腐烂的尸体，满地的皮毛好似镶嵌在瓷砖上一样的时候，他母亲和妹妹克里斯蒂娜惊恐万状，恶臭的气味让人难以忍受。而他，拒绝承认自己就是罪魁祸首，然后离开家去了电影院，整个下午在那里把路易斯·桑德理尼的同一部电影看了又看。

他深爱过的一个女孩叫多丽娜，是万森纳人，是个温柔娴静的姑娘。当他把这件事告诉她时，她对他说道："你简直太冷血、太无耻了。"现在他还记得，因为这件事，当晚多丽娜不愿意和他睡觉。冷漠、无耻，他一边重复着这两个词，一边看着副驾驶上睡得深沉的特内保。他很清楚自己的所作所为极为恐怖，完全是有意为之，可是他别无选择。输就输吧！没错，事已至此，开弓没有回头箭了。

他也不想杀阿拉赛丽。苍天呀，他当然不想杀她了，他本想好好爱她，可是……好吧，是她自己先反抗的，没错，实际上他也不应该……最好什么都别想了。输就输吧，太倒霉了！这是他这一生付出的最惨痛的代价。“我就是个恶魔，突然间我竟变成了恶魔。”他的这个笑话让自己害怕。都是月亮惹的祸，查科的月亮，太热了。尤其是他不在的这八年时间，她变得更热了。输就输吧，别无选择了。

在雷西丝特西亚城西，穿过出城的马路三岔口之后，他上了黑河的那座桥，然后沿着 16 号岔道行驶。不一会儿，来到了一条没有名字的河边，他把车开向路边，在距离桥两百米处停了下来，尽量不在路面上留下任何蛛丝马迹。他告诫自己动作要麻利，就像刚才特内保变得让人无法忍受，他应该揍他时立马就动手那样。他不会去巴拉圭也不会去任何一个地方，除了他自己的家。

他乞求着不要有任何车辆经过，尽管像凌晨五点这个时候，一般很少有车辆驶过。路上空无一人，只有之前遇到过的两辆车：一辆从北边来（很有可能是去布宜诺斯艾利斯的，因为车牌是那里的）；另一辆是葛多伊公司的从雷西丝特西亚到福尔摩萨的大巴车。他下了车，把特内保的身体推到方向盘前边，迟疑了一秒钟要不要销毁自己的指纹，最后还是打消了这个念头。很显然他开过这辆车，这根本不重要。他把医生的手放在方向盘和变速杆上。所有人都会认为特内保这个醉鬼做了一件荒谬的事，大家猜测他先强奸了自己的女儿，然后绝望至极，在这个鬼地方自杀身亡。而就是在这里，他——拉米洛，原本打算开着这辆老福特撞桥结束自己的生命。

当然接下来他会遇到很多麻烦，不过他能避开。现在他坚信他比之前的自己厉害多了，人被逼急了真是无所不能。他就是被逼到了极限，是医生太过分、太讨厌了，甚至还给他下了套。他别无选择，因此才把他打晕了，现在要把他杀了。输就输吧！而且，他也想好了该怎么说：特内保这个酒鬼，把我叫醒了，几点来着？对，凌晨三点钟，他过来的时候我在车里抽着烟。三点差一刻他把我叫醒，而我，拉米洛，根本无法拒绝他的邀请。医生是我的东道主，或者说，以前他是我父亲的朋友，多年以后，他邀请我去他家吃了一顿丰盛的晚餐……还可以解释说是他开的车，因为他喝醉了，非常讨厌。而且还很紧张，好像发生了什么事，我又不知道到底怎么了，以为只是喝醉了很伤感而已，谁能想到他竟然强奸了自己的女儿？我们去星辰酒吧喝酒，在路上被警车拦住了。他摆弄着医生的身体，想到遇见那辆警车真是“天助我也”，所以他笑了。警察也会承认在什么时间和他们交谈过，证明医生当时已经醉得不省人事，而拉米洛是清醒的。

于是他把小尼龙袋子装进自己的衬衫里，坐在医生身上发动车子。他把速度提到极限，快速换挡向桥的方向开去，离桥还有几米远的时候，他很恐惧，大吼了一声，声音大得连他自己都不敢相信那是从他嗓子里发出来的。他刚从车上跳下一秒钟之后，车子就撞在桥边的护栏上，一声刺耳的轰响，那是车子和钢筋水泥猛烈碰撞的声音。车子失控越过栏杆向左侧倾斜，然后坠落在河边的斜坡上翻滚而下掉入水中。

拉米洛在地上滚了几圈被一个大蚂蚁冢挡住

了，他赶紧起身，怕一不小心自己这具奇怪的躯体成了蚂蚁们的盘中餐。他站起身，抱怨把胳膊肘摔疼了，又赶紧跑过去，看到车子已经没入水中一半。虽然没有发生他期望中的大火，但是，当看到福特已经四轮朝上，车身没入水中，医生也将溺水而亡的时候，他终于安心了。

一切顺利，他心想。然而这份确信、无耻的镇定竟让他自己不寒而栗。

第八章

凌晨五点二十分，天还没有亮。从他离开那座桥朝南向城里跑去到现在仅仅过去了十五分钟。这期间有两辆汽车和一辆货车从他身边经过，每次远远地听到车声靠近，拉米洛就钻到公路旁边的树丛里躲起来。种种迹象表明，没有人在出事的桥边停留，公共设施出了问题不会引起任何人的注意。因此，估计要很长时间才会有人发现落入水中的福特车。

估摸着自己已经走得够远了，他边走边伸手

想在路上拦一辆顺风车。现在的他更加镇静，不过疲倦开始侵袭他的身体，让他步伐艰难。

一分钟后，一辆挂着圣达菲省牌照的大型带挂的贝德福特[①]卡车在他身边停下。

“你去哪里？”司机在驾驶室问。那人皮肤黝黑，赤裸着上身，一只胳膊伸出窗外，像极了港口的吊车。由于天黑看不清楚他胳膊上的文身图案。拉米洛心想：这家伙可以肆无忌惮地跟任何人以“你”相称。

“你哪里方便就停哪里，朋友。”拉米洛操着巴拉圭口音回答道，却不敢直视对方的眼睛。

“我要去雷西丝特西亚送货，然后去科连特斯。”

“很好，我就在市中心那里下车。”

“那上车吧！”

---

① 英国沃克斯豪尔汽车公司。——译者注

上车后，他看着窗外，用清晰的巴拉圭口音说他的车在几公里外的辅道抛锚了。他还想继续说他本来决定一直走，希望能碰到一个人带他去找个修车师傅，然后接着去圣达菲。可他看得出来，这个粗鲁、孤僻的司机应该是那种容易惹事的主儿，因为人家只是摇了摇头，好像暗示他对别人的事情和问题毫无兴趣，他只想思考自己的事，拉米洛要讲的故事跟他毫无关系。于是，拉米洛打心底里向他表达了感谢，然后斜靠在座椅上。

他迅速回忆了一下昨天晚上所发生的一切，他问自己，这是不是在做梦？这是不是发生在别人身上的事？他惊恐地睁开眼睛：眼前看到的是夜晚查科北部一望无边的风景，巴拉那河沿途隐约可见的棕榈树；路边灰蒙蒙、脏兮兮的森林；还有这个持续不减、让人难以忍受的燥热，几乎触手可及的燥热。

他偷偷瞄了一眼正在专心开车的司机，他嘴里叼了一根牙签，目不转睛地看向前方道路。不，这不是梦。他再次闭上眼睛，听着柴油发动机的轰响声，稍微放松了几分钟。

在阿瓦罗大道和五月二十五号大道的红绿灯处卡车停了下来，拉米洛说：“谢谢师傅，我就在这里下车。”然后打开车门跳了下去，尽量不让司机看到他的脸。而司机也只是嘟囔了一下，说了句类似“再见，巴拉圭哥们儿”的话。这个称呼让拉米洛心情愉悦，这次运气不错，不用担心这个家伙。

他看了看手表，惊慌起来：已经六点差十分了，天就要亮了。他还要走八条街才能到家，就怕回家进门时被家人听见那就糟糕了。

到家门口后，他向四周看了看，确定街道上

没有人从自家窗户看他，也没有人出门，于是他蹑手蹑脚地推开家门进去了。在玄关处他脱下鞋子，然后站直身体，能感觉到自己心脏怦怦跳得厉害。他悄悄地穿过客厅溜进自己的卧室，把门关好。似乎听到隔壁房间克里斯蒂娜正在晨练，然后她会去厨房煮咖啡，而他妈妈此刻正在卫生间。短短几秒钟时间一切搞定。

他警惕地、小心翼翼地脱了衣服躺下睡觉，不禁问自己：在巴黎，他，拉米洛·贝尔纳德斯，何曾想过自己有一天会变得如此冷血！他发誓绝对不会。但是现在，经过这样一个夜晚，他知道凡事皆有可能。

第九章

睁开双眼的时候，他看到太阳透过金属百叶窗的缝隙射进屋子。落地扇发出单调而又梦幻般的声响，尤其当它完全转到左边，而中轴要转一圈才能开始向右边转。这台风扇引起了他的注意力，这肯定是他母亲打开的。他吓了一跳，母亲进来过可他竟毫无察觉，心想这老太太步伐轻盈呀！只有一个母亲才能做到进入一个杀人犯的房间，而不惊动他。

杀人犯，他重复着这个名词，虽然嘴唇上

下翕动但是并没有发出声来。他突然感到剧烈头疼，然后让自己放松下来，这才发现自己紧张过度了。

他听到外边母亲在和谁说话。“是的，亲爱的。”她说，显得又惊又喜，想必是有客人来家里了。他看了一下手腕上的表：十一点十四分，并没有睡多久。“太巧了，”他母亲说，“你从没有来过我们家。”声音离他房间越来越近了。拉米洛一下警惕起来，欠起了身子。

“一分钟，亲爱的，”现在声音更大了，“你稍等一下，我看看他醒来了没有。”

拉米洛赶紧躺下闭上眼睛，恰好这时他母亲进来了：

“拉米洛……”

他先睁开一只眼睛，然后另一只，假装睡眼蒙眬的样子。

“亲爱的，阿拉赛丽找你呢。”

“谁？！”拉米洛吓得跳了起来，几乎喊出声来。

“是的，亲爱的，阿拉赛丽，丰塔纳城特内保医生的女儿，你昨晚还在那里吃饭了呢。”

第二部分

良心是什么？那是我杜撰出来的东西！内疚是什么？那是人类自七千年前就有的一种习惯！我们摆脱这种忧虑吧！我们要成为神仙！

——费奥多尔·陀思妥耶夫斯基

《卡拉马佐夫兄弟》

第十章

不可能，可是……见鬼，这次依然不是梦。他躺在床上盯着天花板，内心被恐惧包围，慢慢地有了几种矛盾的感觉：想象自己并非一个丧尽天良的杀人犯，这样能让他有些许宽慰；而想到所发生的这一切又让他十分恼怒，如果他早发现……这一切就不会发生了。可是，什么是没有丧尽天良的杀人犯？这难道不是一种荒谬的自我欺骗吗？

他说，先是德·昆西[1]，然后是陀思妥耶夫斯基，他们都说，我们人类，在体现犬儒主义或者好逸恶劳方面都是很享受罪行的。在内心的某个角落，我们兴奋地欣赏着谋杀带来的恐怖。我们可以谴责它，然后，我们就成为无情的法官。但是，一开始时这个罪行会让我们为之着迷，甚至让人对它心生钦佩。

既为杀人犯又何谈天良！当一个你深爱的人不在了，你会觉得似乎整个世界都被掏空了。同样，当你杀死一个人的时候，就好像你杀掉了全人类一样。

拉米洛张开双手，端详着自己的手掌，然后慢慢翻转过来，欣赏着它们，毛茸茸的手背上青筋暴起，他觉得这像是哥特式小说中魔鬼的爪

---

① 即托马斯·德·昆西（Thomas De Quincey，1785—1859），英国散文家。——译者注

子。可是，就是这双手在不久前还知道如何爱抚多丽娜，他知道它们还是有温柔的一面的：面对女人光滑的肌肤它们还是会情不自禁，也可以缓缓地抚摸花朵而不致其凋谢。曾经它们亲昵地捏过小孩的脸蛋，它们触摸过瓦哈卡的编织品、印度的丝绸；曾经它们在佛罗伦萨滑过《大卫》雕像的底座，捋过德国牧羊犬干燥的硬毛。

不知不觉中，这些美好时刻已经深深地烙在了他的记忆里。他不知道，为什么此时此刻这些难以抑制的瞬间会浮现在他的脑海。尽管他想努力忘记目前的处境，可是这些回忆并非一剂良药。这是一双杀人犯的手，而他就是这个杀人犯！

天啊，现在该如何是好？这个女孩到底想干什么？该如何面对她？和她说些什么？还能对她说些什么呢？

他叹了口气，点燃一支烟，把燃烧过的火柴

梗扔到床头柜上的烟灰缸里。他告诉自己先不要出去，让她们等一会儿，最好等一辈子。此时此刻，唯一能确定的就是他已完全麻痹了，因为昨晚简直糟糕透了。

阿拉赛丽会不会已经把昨晚的事说出去了？卡门是不是已经知道他不但强奸了她，甚至还试图杀了她？因为很显然，这女孩不是一个人从丰塔纳来他家的。她们到底想干吗？

直到这时他才发现他是多么地憎恨女人，“我讨厌女人”，他自嘲着。其实他并不是这样的人，在巴黎，几个女性朋友责怪他太大男子主义；有几个难忘的夜晚，大家玩耍娱乐，讨论男人面对女人时的行为举止。大家都说他是大男子主义者，他反击说他们是疯狂的、十足的女权主义者，大家都笑了，其实他们根本不懂生活是什么。

女性代表着我们男性缺乏的那种理性，他坦言道，这正是我们男人所害怕的。我们渴望她们，需要她们，但同时也害怕她们，她们让我们惧怕。难道昨晚在阿拉赛丽面前我的感觉不是害怕吗？他，拉米洛·贝尔纳德斯，堂堂七尺男儿，一个在巴黎姑娘面前都挺不直腰杆的阿根廷伪君子，昨晚竟然变成了世俗的强奸犯，因为他害怕、恐惧，所以他两次杀了人。不管阿拉赛丽现在活过来了还是其他什么，都无所谓了。理性……是什么东西？不过就是害怕而已。之前和那么多女人在一起时难道没有过这种感觉吗？见鬼，和所有的女人都有过类似的感觉。他这一生认识的每个女人都意味着一分钟的害怕，意味着无法消除的恐惧。或许这就是所谓的大男子主义吧，就是我们在面对女人时的那一秒钟的畏惧。这一畏惧的瞬间让我们承认她们谨言慎行，她们柔弱的外表（是我们愿意看到的那种柔弱），她们与生俱来的、而我们男人又不具备的那种随遇而安的品质。或许区别我们男人和女人的不仅仅是生理方面的差异，还有一点就是不愿意接受和承认这种区别。这就是我们为什么会拒绝异性。

现在想这些有何用？难道是因为这种恐惧并非源自死亡，而是源自成为强奸犯后的那种羞耻感？还是由于马上他就得承认自己不敢走出房门，他觉得自己就是只缩头乌龟？或者，是因为他心里明白自己无法做到道德升华？又或者，如陀思妥耶夫斯基所说，荣誉只不过是一种迷信？一个男人的荣誉是什么？就是承认自己的卑微，无比的低贱！什么是孤芳自赏的卑鄙行径？

其实，他并没荣誉可谈；他不是一个诚实正直的人，甚至不是一个男人。在人类历史的漫漫长河中，人们努力想要区别善与恶，结果此刻在他身上竟然全部成为空谈。

他从床上起来，穿上衬衫和裤子，强迫自己走出去。可是，就在那一瞬间，他不得不承认自己不敢跨出房门半步，他还是做不到。于是他又想到之前所谓的“并非丧尽天良的杀人犯”简直荒谬至极，是特别愚蠢的想法，因为还有医生……难道他也没有死吗？

他害怕了，感到自己心跳得厉害，他四处寻找着什么。既然现在完完全全卷入了这场游戏之中，还有什么比这更糟糕的呢？

不可能，特内保绝对已经死了，他亲眼看到福特车坠入河中，车轮还在不停地转动，而那家伙当时已经昏迷，肯定被淹死了。没错，这点可以肯定。那么，如果阿拉赛丽说出真相……一切只会更糟，那逃到巴拉圭的想法也就毫无意义了。

他听到母亲的声音越来越近，紧接着看见她推开卧室的门探身进来。

“喂，拉米洛，那女孩在等你呢！”

“我这就来，妈妈。”

她看着他。他觉得她眼睛里充满了疑问，流露出奇怪的光芒，让人捉摸不透。他紧张地问：

“今天怎么样？”

“你希望怎么样，亲爱的？跟往常一样：闷热，潮湿。这大太阳能要了我们的命。”

拉米洛找了一条腰带换上，然后坐在床边，开始不紧不慢地穿着袜子和鞋。

“有些事情会要了我们的命，妈妈。”

“你在说什么呢？”

“你别理我，我感觉糟透了。”

“要不要我给你拿片阿司匹林？”

拉米洛笑了，那是淡淡的、苦涩的笑声。

“我的事没有药可以治，老妈，无药可救了。”

她也笑了笑，但明显很紧张的样子。

“哎，这家伙今天起床有些不对劲呀。”她好像在对着墙壁说话，跟某个镶嵌在砖块、石灰和壁画中的人说话。

“你快点，亲爱的。”说完她带上门出去了。

拉米洛穿戴停当，告诉自己至少有一件事很清楚：阿拉赛丽不应该开口说话。离开卧室之前，他闭上双眼告诉自己要镇静。不管这个女孩此行的目的是什么，他都应该保持镇定。走着瞧吧，看他怎样让她闭上嘴巴。

她坐在客厅的沙发上，穿着一条蓝色裤子，那是一条很旧的牛仔裤，把她的臀部和大腿裹得紧紧的。上身穿一件男式花衬衫，有点大。头发挽成一个发髻，刘海儿遮住了她的眼睛，或许因为这个，她的眼睛失去了光芒。右边脸颊上有一小块瘀青，看不出她是伤心还是害怕。

“你好！”拉米洛说，目光一直停留在她身上。

“你好！”她说，然后站起来向他走过去，在他嘴唇上吻了一下。拉米洛眨了眨眼睛，然后挨着她在沙发上坐下。厨房里传来母亲的动静，她肯定在准备早餐呢：咖啡加牛奶搭配饼干。

“你怎么样？”

“还行。”她一边回答，视线没有离开他的眼睛。她真美呀。

“我不知道该说什么，阿拉赛丽……”他确实不知道说什么。她安静地聆听着，被他的外表和言语所吸引。“昨天晚上是我失去理智了，希望你能原谅我的鲁莽。我明白现在对你说这些愚蠢至极，小丫头，可我真的没想伤害你，知道吗？”

她看着他，拉米洛也辨别不清她眼神中流露

出来的是什么神情。

“你怎么来的？”

“我妈妈陪我来的。”

“她在哪儿？”

“她去找我爸爸了，他昨晚不见了。”

“她知道去哪里找吗？”

“肯定是跟平常一样，喝多了，和哪个朋友在一起呢。”

“噢！”拉米洛稍微松了口气——尸体还没有被发现，“告诉我，你有没有和你妈妈说昨晚的事？”

她笑了笑，注视着他。拉米洛觉得那一双乌黑明亮、透着灵秀的眸子非常迷人。黄褐色的肌肤，还有脸颊上的瘀青，让这张瘦小的脸庞有一种文艺复兴时期画家笔下圣母的意韵。见她并未憔悴消沉，他心想：这个黄毛丫头又来勾引我了。

“对她说了吗？”

“你怎么能这么想呢？”她看着他说道，言语像是从齿缝中挤出来的，丰满湿润的双唇几乎一动未动。

两人陷入了沉默，那种境况非常尴尬，拉米洛要求他的大脑迅速运转。

“吻我一下。”她撒娇地请求着。

他尽量睁大眼睛，脑子里就像有只苍蝇一样嗡嗡地响着。她闭上眼睛靠近他的脸，嘴巴微微张开等着他送上一吻过来。拉米洛心想她不可能这么单纯、这么貌美，但他也没有挪开他的身体，他觉得这种诱惑中带有挑衅和罪孽，有种莫名的东西让他害怕。正在这时电话铃响了，拉米洛吓了一跳。

母亲先于他接了电话。

“拉米洛，找你的，是胡安·高姆卡。”

拉米洛拿起听筒，咬了咬下嘴唇，深思片刻，说：

“你好，波兰兄！”

“哥们儿，今天下午我需要用车，几点去找你取车？”

“嗯，这个……波兰兄，在……”

“你怎么了，老兄？”

“没什么，因为我刚刚起床。只是……是这样的，事实上车不在我手里，被人开走了。”他不想说出那人的名字。

“你把车借给谁了？”高姆卡紧张地说道。

“借给特内保医生了，我当时没办法，就借给堂布拉里奥了。”

“你他妈的，我的车是借给你用的！你是不是还想告诉我他当时还喝醉了！”

“没错老兄，他真的太过分了，我很抱歉！”

“可是那家伙他就是个酒鬼呀！你办的这叫什么事？你很清楚这辆福特可是我的命根子！”

“我很抱歉，波兰兄。我现在就去找找看能不能找到，然后马上给你送过去。你几点要呢？”

“六点钟，我去你家吧。”说完气势汹汹地挂了电话。

拉米洛走进厨房，让妈妈把咖啡给他们送过去。

“你和这个小姑娘有什么可聊的？”

“因为她想学法律，昨晚让我给她讲巴黎的事情。”

他打开冰箱，像是在找什么东西，其实他是不愿意看妈妈的眼睛。但他知道她不相信这个理由。

“可怜的，”拉米洛接着说，“这些乡下的小姑娘以为巴黎就在家门口，随便谁想去都能去的。”

走出厨房，他为自己刚刚所说的话感到悲哀。他回到客厅，在阿拉赛丽对面的沙发上坐下。她一直看着他，像一只小动物，小猫咪，对，她有猫的那份安静，也有猫的那种好奇。

“你来干什么？”

“我必须见你。”她用一种腼腆却极具诱惑的口气说。

“我没想伤害你。”他觉得自己就像个大傻瓜，怎么能说这个呢？那就像是在问她，你怎么没有死呢？到底做了什么竟然没有死！还有，她没有死为什么不告诉他呢？事情本来不应该是这样子的，他恼火了。而她，一直那样看着他，说：“你没有伤害我，我很喜欢。我还想再来一遍，希望你今晚过来一趟。”说完她低下头，好像在看她下身私密之处，拉米洛也看了看那里。

第十一章

他妈妈端来了咖啡，说天气太热了，尤其昨晚更为糟糕，上帝，不能再这样下去了。然后问到阿拉赛丽的父母亲，又谈到了她已故丈夫和那家人的深厚交情，不过那些都是陈年往事了。她又问拉米洛中午想吃什么，她要出去采购。

拉米洛回答说还不知道要不要在家吃饭，让她不用操心。母亲说拉米洛已经抛弃她了，这么多年不在身边，回来后在家里一分钟都待不住。这句话看似是说给阿拉赛丽听的，其实是说给她自己听的。她当然理解儿子，亲爱的你想想，当母亲的都这样，必须理解子女们。你看看你每天晚上回来得特别晚，而且睡眠也很少，你这样会把自己身体搞垮的，孩子。然后把咖啡端给他们。

“妈妈，昨天晚上你听见我回来了？”他假装不经意地问道。

“嗯，是的，四点左右，我没告诉你吗，亲爱的？”

拉米洛松了一口气，妈妈只是听见他回家取东西了。她让两个年轻人吃点饼干，他们拒绝了。然后她离开客厅说要去市场一会儿就回来，如果克里斯蒂娜回来了就让她先削土豆，削好后放在炉子里烤。“你给她讲讲巴黎的事情吧，丫头，埃菲尔铁塔简直太美了。”

两人静静地喝着咖啡，他妈妈离开了。此

时，阿拉赛丽往后斜靠在沙发靠背上，叉开两条腿。拉米洛看着她，有点情不自禁，因为她的呼吸已经有些急促，而且故意挺起她那未发育完全的少女的酥胸。她开始用手把玩着衬衫上的扣子，而且正好是胸前的那一颗。

他们互相看着对方，紧张地张着嘴巴，发出哧哧的呼吸声。

“要我吧！”她用少女那稚嫩的声音说出这样的话，“就现在！”

第十二章

中午时分，卡门·特内保来找她女儿。她穿着一身蓝色亚麻套装，一件白色带花边的衬衫。她似乎忘记了炎热，一张憔悴的脸上挂着一双重重的黑眼圈，睫毛膏也花了，很显然并不是因为天热导致的，而是因为她哭过，这女人大哭过一场。

“玛利亚，我们没有找到他。”卡门对拉米洛的母亲说着，用一条小手绢擦了擦鼻子，“我不知道该怎么办，我要崩溃了。”

“别担心，卡门，肯定在哪个地方呢，这又不是第一次了。”玛利亚安慰着她，其实她自己一点把握也没有。

“夫人，您没有去警局看看吗？”拉米洛说了一句。

“还没有，我害怕去那地方。”

阿拉赛丽离开众人走到她家的504车旁边。

“拉米洛，你们两个昨晚都干什么了？”卡门边说边擤鼻涕。

“事实上什么也没做。堂布拉里奥邀请我喝一杯，但是我没去，当时车子也修好了，可能之前只是熄火了，他让我开车带他去雷西丝特西亚，然后他就上了车……说实话我无法阻止他。”

“他总是这样，如果脑子里想做一件事情十头牛都拉不回来。”

“然后我们就来这里了，他把我放在家门

口，向我借车，这回我还是没法儿拒绝，就借给他了。不过现在我真是很担心，因为您知道这辆车不是我的，是我朋友胡安·高姆卡的，我都不知道现在该如何向他解释。”

“你们几点出去的？”

“不记得了，凌晨三点左右吧。因为太热我睡不着，”他吞吞吐吐地说着，努力不让自己看阿拉赛丽，她正靠着504的车门看着他们三人，“我决定起来出去走走，结果在外头碰到了他，已经……”

“已经喝醉了。”

“是的。”

“老天呀，这太折磨人了。”她看起来又要哭的样子，但是很快又收拾好心情说道，“好了，我们走吧。我再继续找找，还剩罗梅洛家和福莱斯奇妮家没找呢。”

她走向那辆标致汽车，和阿拉赛丽一起上了车，离开的时候女孩那无力的眼神看着他并挥手向他告别。拉米洛不明白那是什么意思。

之后他回房躺在床上想好好思考思考。他紧张，非常害怕，事实上，这种疑虑不应该持续太长时间，还有大家的担忧对他而言也是一种压力。下午六点钟就要去波兰兄高姆卡家，这一切该如何向他解释？最糟糕的是高姆卡视这辆福特47如命，而他又是一个囊中羞涩的爱车族，并非富裕阔绰的汽车收藏者。更有甚者，到时候高姆卡肯定会让警方帮他找车，这样一来，他们之间的友谊肯定也就走到头了。

事情还没完呢，他躲在房间昏暗的地方抽着烟，那里没有那么热。或许他应该去桥边，好好看看车子成了什么样子。为什么车子还没有找到呢？难道是河水突然上涨了？这是绝对不可能的，黑河是一条死水河。当时虽然天很黑，但是他看得很清楚，汽车轮子在水面上不停地空转。说不定那是一块沼泽地，汽车慢慢地沉下去了？这个虽难以置信，但又不是不可能。或许他应该去一趟，但他又害怕去。况且，侦探小说中不都说凶手常常会返回作案现场吗？不，如果他这样做的话就太愚蠢了！可是他又很想去，不过这需要一个很好的、很有说服力的借口，让自己在大中午休息时间——当然，他也可以吃完饭后再去——去郊外的那个地方。他找不到任何借口，不管是好的不好的都没有；也没有车子，想去的话还得借一辆车，或者坐出租车去，那样就太滑稽了。

如果警察已经发现了福特车和尸体，正在那里等着他怎么办？不会的，为什么偏偏就等他呢？好吧，为什么不呢？这个点他们可能已经去丰塔纳了，卡门想必已经告诉他们说他是最后一个和特内保在一起的人。

除此之外还有阿拉赛丽，我的老天呀，她简直美艳得难以形容！但是自古红颜多祸水。他一直无法理解她，他从来就没搞懂过女人。他一直告诉自己其实女人的神秘莫测未尝不是好事，可是现在这点却让他很绝望，他曾以为这是大男子主义者的观点。他真正无法理解的就是所谓的人类的特性。这是什么东西？他问自己。他怎么能妄自尊大到承受人类可以承受的所有恐怖呢？他思考着，透过厨房的窗户看向院子，难道人性就是展现无所不为吗？人类还有什么做不到的呢？难道是因为有人相信凡事都应适可而止否则就过犹不及？他就是活生生的例子。

他觉得自己很恶心，一股强烈的悔恨伴随着可怕的空虚涌上心头。是的，见鬼，他会躲过所有人，他会摆脱这种境况。即使是因为已经别无选择，他也不愿意承认到了极限，自己什么事都做得出来。虽然有种莫名的东西谴责他这些可恶的想法，他还是为此感到骄傲自豪。

不错，人具有一种可以应对任何形势、可以改变一切的超级本领。但是，他想将空虚和恐怖合为一体，那结果是不堪设想的。

唉，当时要不是因为自己该死的欲望就不会发生这些事情了。

午饭时，他没什么胃口，只是沉默不语。母亲说卡门太倒霉摊上这样一个醉鬼老公，他妹妹克里斯蒂娜也说她讨厌那些醉汉们。拉米洛听了心想：你这个讨厌的清教徒，什么都不懂还乱发表意见，不过一般提意见的都是那些愚昧无知的人。

“你今天怪怪的！”吃饭时妈妈两三次都这

样说。

他点了点头，随便搪塞了一下打算应付过去。

“你还头疼吗？”

“我什么时候头疼过了？”

“今天早上起床的时候，你说不舒服。”

“没事你不用管，因为我做了一个不好的梦。”他反复想着自己的话，然后讽刺性地补充说，“做了个噩梦，不过很快就会过去。”

两个女人撤走了餐桌上的餐盘，他剥了一个橙子但是并没有吃。厨房里，克里斯蒂娜评论着阿拉赛丽的年轻貌美，猜想她有没有男朋友：“因为你知道的，妈妈，现在的女孩子们都早熟得很。”

拉米洛心想：这个傻瓜还在议论别人，她自己才二十二岁，竟然对别人评头论足！她是不是忌妒了？他自己笑了笑，心想：人类的特性其实就是人类的愚蠢。

她们给他端了一杯咖啡。他正喝着的时候，家里的门铃响了。

克里斯蒂娜去开门，回来的时候脸上表情凝重，皱着眉头。

“拉米洛，门外停了一辆警车，有个警察找你呢。”

第三部分

我们不是那种贪得无厌，而后又自食苦果的人。

——纳旦尼尔·韦斯特

《寂寞孤心》

第十三章

那辆福特猎鹰开进了警察局，在并不宽敞的院子里停下。那里还停着另一辆警车，一辆后门装有隔离网的皮卡；另外还有两辆浅绿色的猎鹰，没有车牌，上面装有无线指挥设备。拉米洛认出了这是令人生畏的警察巡逻车。

他被带进走廊尽头的一个小办公室里，那里只有一扇门，朝向一条长廊，为这栋建筑勾勒出一个院子。拉米洛记得，这里曾经是查科省国土局的所在地。这是一个很小的房间，所有的陈设就只有两把椅子，一张写字桌，桌子上放了一台非常老旧的打字机，是安德伍德公司五十年代的产品，墙上挂着印有“黄房子”[1]照片的挂历，总共就这么多东西。

带他去那个房间的警察站在门口抽了一会儿烟，几分钟之后离开了。然后另外一个人进来了，是个瘦高个子，虽留着短发，但比宪兵惯常的头发要长很多；下身一条蓝色裤子，上身一件天蓝色衬衫，长袖高高挽起，领带歪歪扭扭有点凌乱，西装外套应该是放在别的地方了。

“很高兴认识您，贝尔纳德斯博士。”那人向他伸出一只手说道。

拉米洛也伸出手并点头示意。曾经有人告诫

---

① 阿尔米兰特·吉列尔莫·布朗（Almirante Guillermo Brown）在布宜诺斯艾利斯博卡区的住家。阿尔米兰特，祖籍爱尔兰，是阿根廷海军非常重要的先锋人士。房子因整体为黄颜色而被称为“黄房子”，占地面积约 22 公顷。——译者注

他一定要万分谨慎，不到万不得已不要开口讲话。

“这样博士，咱们还是开门见山吧。给您带来不便请您原谅，只是我们发现了您一位朋友的尸体，他是布拉里奥·特内保医生。”他停顿了一下，点燃一支烟，透过缕缕烟雾仔细观察着他。

“尸体？”拉米洛尖叫一声，紧紧地盯着对方的眼睛，一副被惊得目瞪口呆的样子。

“没错。看起来好像是一起交通事故，但是您知道我们需要调查一下。抽烟吗？”

“好，谢谢。”拉米洛从烟盒里抽出一支香烟，他非常紧张，而且他理应紧张。不过他假装很惊讶，心想最好表现得如对方所愿：“在哪里？什么事故？”

“我们在一辆1947年的福特车里发现他的尸体。表面看来是车子失控，坠入11号公路黑河的一条支流。我们认为……”

“该死！”拉米洛摇摇头，打断对方的话。

“有什么问题吗？”

“问题大了。”他用手捋了捋头发，很失望的样子，“我和他们家是朋友，我猜想正因为如此你们才找我的吧。昨晚我和他们一起吃过饭，而且那辆车是我借的别人的。在这种情况下我又被警察审讯，您觉得这还不够吗？”

“我们希望您能提供更多的信息。”

“好，当然。”拉米洛继续装出惊慌，甚至是伤心、痛苦的模样，因为经历了这么多事情之后，他的内心完全就是痛苦一片。

“您很惊讶这个我理解，可我还是得问您几个问题。”

“请问，先生。”

“阿尔米隆，请叫我阿尔米隆探长。”

“您想知道什么，探长？”

“据我们掌握的信息看，您是最后一位跟他在一起的人。”

“我觉得是，我不知道他之后有没有见过别的人。”

“希望您尽可能详细地解释一下，昨晚您都做什么了。”

拉米洛沉默了一会儿，告诉自己迟疑一下对自己并不是坏事，也不能立刻就开口说话。

阿尔米隆补充说：“请您理解，博士，我们这几乎就是例行公事。”他专门强调了“几乎”二字。

“是，是，我正在想重点呢。是这样的：特内保一家邀请我去吃晚饭，大概半夜时分我准备离开的时候，我的车——就是您提到的那辆福特，是我朋友胡安·高姆卡借给我的，它发动不着了。我也不知道怎么回事，可能是发动机出了点故障。所以，他们就留我在丰塔纳过夜，特内保先生自己也说车子有可能会在路上抛锚，我觉得他说的有道理。因为已经很晚了，都后半夜了。所以我就留下来过夜，可是我一直睡不着。您知道，天气很热，晚上更是热得受不了，而我是刚从欧洲的冬天回来的……而且我还有点认床，我不知道，所以我决定试一下，看看能不能把车子发动起来。”

“还记得当时是几点吗？”

“是的，但不是很准确，大概是凌晨两点半或者三点的样子。”

“请继续。”

“在外边，我好不容易发动了车子，正准备挂挡上路的时候，特内保医生出现了。我被他吓得魂飞魄散，我以为他都睡着了。他当时醉得不省人事，却还想请我喝酒，被我拒绝了。但是他自己上了我的车，要我带他去雷西丝特西亚。我无法拒绝，您知道，我不想违背他的意思，尤其是当一个人喝醉的时候。”

“接下来发生了什么事？”阿尔米隆视线始终停留在他身上。

“我胃里很不舒服，但并不是因为酒精的缘故。我停下车呕吐了。这时，过来了一辆警察巡逻车，核查我们的身份。我不记得具体时间了，之后我们到了我家，特内保问我借车。这一次我还是无法拒绝他，现在我真是后悔得要命。因为他当时有点紧张，也实在很讨厌，我干脆就把车子借给他，然后他就离开了。”

“巡警凌晨三点二十五分盘查过你们。”阿尔米隆说。拉米洛心想这家伙把时间说得这么准确是想要吓唬他吗，是想让他知道他们正在核实细节吗？“他在哪里放下您的？”

“我家。”

“他有没有告诉您他打算去哪里？”

“他要去星辰酒吧。”

“您还记得你们是几点分开的吗？”

“不记得了，但我估计差不多是凌晨四点，或者再晚一点。我看了一会儿书，不记得看了多长时间，然后五点钟我就熄灯了。这个我记得，因为我看表了。”

“根据法医报告，特内保的死亡时间是凌晨五点半左右。这个时候您在做什么？”

“当然在家睡觉呀。”拉米洛笑着说，“我不知道我能不能向您证明，探长。我是您的嫌疑人之一，对吗？”

“我没有说特内保是被杀害的。我们只是单纯地在调查事实。”

“我明白。”他赶紧补充说，“探长，我知道是您在提问，但是请允许我问一两个问题：您认为这个和民间激进分子有关系吗？”

“不，我不这么认为。”阿尔米隆做出一个否定的动作。

拉米洛心想：“那么，对这个白痴来说就没有什么严重的了，这是什么国家，一起杀人案件微不足道。现在日渐当道的是镇压激进分子的各级军人，而并非知识分子，更不是爱国者们。”阿尔米隆一脸疑惑地看着他。

“另一个问题呢？”

“什么？”

“您说要问我两个问题。”

“噢，对的。您认为特内保会自杀吗？”

“我不知道，我没有发现他自杀的动机。但是我也不认为是交通事故。”他思考了片刻，像是在犹豫接下来的话要不要说，然后说道，“在公路旁边发现汽车停留过的痕迹。一个要自杀的人在最后一刻是不可能停下来再考虑考虑的，更不要说一个醉汉在撞车前的一百米处停下来计划一下车祸该如何发生。”

“然后呢？另一个可能就是他被人杀了，但您刚才说不认为是他杀。”

“我也没有说我不认为是他杀。”

“我明白。”

阿尔米隆站起身来。

“他们会带您回家，博士，抱歉打扰您了。在得到我们允许之前请您不要离开这座城市。我猜想您再没有什么要补充的了，对吧？比如还有谁见过他，还做过什么事之类的。”

拉米洛想了一秒钟，想起来那个货车司机，但是他说过的谎言已经没有回头路了。

“没，没有要补充的了。”他说。

第十四章

下午六点之前拉米洛和胡安·高姆卡通了电话，对方似乎心情不错，据他自己说，午觉起来之后这会儿正在听莱昂·希尔科[①]的音乐。不过当拉米洛说他的爱车出了问题，此刻应该正停在警察局的院子里的时候，高姆卡愉悦的心情瞬间消失殆尽。他大吼大骂，说从此不要和他再做朋友了，他简直在滥用别人的信任。拉米洛听着话

① 莱昂·希尔科（Leon Gieco），阿根廷导演、演员及歌手。——译者注

筒那边抱怨，立即回答说是，保证说他会尽可能赔偿一切损失。高姆卡发誓说在这个世上没有金钱能够弥补心灵上的创伤，而且这辆福特是他亲手改装的，用的都是原装零件。“我永远不会原谅你的，我不想活了……”

拉米洛挂了电话，冲了个凉水澡，然后穿上衣服，走到大巴车站。他要在那里坐大巴车去丰塔纳，他不能缺席特内保的守灵仪式。事后，再找谁把他捎回来，或者坐大巴返回，这样他就可以连续睡二十个小时了。对于自己的罪行，他除了内心默默祈祷，什么事都做不了。

来了很多人，大家对布拉里奥·特内保医生的不幸遭遇议论纷纷。拉米洛觉得，他们好像在谈论一桩毫无恐怖感的死亡事件。不乏有人猜测背后肯定另有隐情，通过“隐情”二字暗指很有可能是一起谋杀，或者自杀，似乎所有人都排除了车祸的可能，这种想法让在场的人热情高涨。拉米洛发现自己刚一出现，大家就从高声议论变成了窃窃私语，他真的感觉非常不舒服。但是他也懂得自我安慰：或许是自己疑心太重了。

他拾级而上走进屋内，绕到客厅，那里停放着一口棺材，特内保的尸体就放在里头。他从来没有像这个时候如此想成为米纳亚·阿尔瓦尔·法涅斯①一样的人，“那个小心驶得万年船的人”。他不敢抬头看特内保的妻子，但当阿拉赛丽看见他来了，并果断地走向他的时候，他告诉自己“见米纳亚的鬼去吧”！她一袭非常合身的黑色轻薄长裙，没过膝盖。乌黑亮丽的长发高高挽起，像是从罗梅罗·德·托雷斯②的画中走出来的天仙一般。拉米洛纳闷儿，她怎么能如此

① 《熙德之歌》中熙德的外甥兼部下。——译者注
② 西班牙科尔多瓦的著名画家。——译者注

美貌迷人，而在吻他时，她看他的眼神又是如此诡异！她只有十三岁，可是见鬼，她怎么能在短短的几个小时里就迅速蜕变！他害怕极了。

当夜幕完全降临时，炎热的天气实在令人无法忍受。很多人已经陆续离开，特内保的妻子在卧室里不停地哭泣，拉米洛心想自己是不是也该适时离开了。正在这时阿拉赛丽冷静地拉着他的胳膊，说:“陪我出去走走！”然后不等他回答就往外走去。

二人离开了屋子来到外面，走在泥土路上。拉米洛始终一言不发，感到背后有一双眼睛在盯着自己，他告诫自己不要鲁莽行事。同时他又责怪自己胡思乱想，因为人们不会怀疑一个年仅十三岁，又刚刚经历丧父之痛的女孩子能做出什么越轨之事；更不会怀疑他，大家肯定都认为他是一个在巴黎留过学，最近才刚刚回到查科的兄长。

他偷偷看了一眼阿拉赛丽，这个女孩几乎还是个孩子。可是，他竟然没有看到她流下一滴眼泪，也没有激动过，虽然她有充足的理由那样做。她的脸上看不到任何表情，就在昨天晚上她还努力抗拒过、挣扎过，而此刻却冷若冰霜。

“警察来过了。”她低声说着，眼睛并没有看他，只是一边走一边盯着自己的脚下，像是不经意说出来的样子。

拉米洛宁愿不开口说话。

“问了我、我妈妈，还有我兄妹们几个问题。”

慢慢地，阿拉赛丽已经偏离道路了。拉米洛回头看了看，特内保的家已经在他们的视线范围内消失了。阿拉赛丽走到一棵树跟前，那里好像有一大堆灌木丛。再过去一点，植物更加茂密，和漆黑的夜晚融在一起。

“问什么了？”

“他们想知道你和我爸爸是什么时候离开的。”

“然后呢？”

“没有人知道几点。”

“你也不知道？”

“不知道。”

“那你怎么说的？”

那棵树的树干有些倾斜，阿拉赛丽斜靠在上面，呼吸很急促。

“你不用担心。”

她双手温柔地从上到下抚摸着自己的大腿，像在暗示什么；呼吸也越来越重了，张着嘴巴在渴望着什么。拉米洛承认自己的欲望被挑了起来。

“过来。”她说着撩起裙子，柔和的月光下露出古铜色的、线条完美的双腿。当拉米洛发现她的裙子里面什么也没穿的时候，他感觉自己都要爆发了。她下身已经濡湿一片，她张开腿，拉米洛一下子就进入她的身体里，发出一声动物的吼声，嘴里不停地喊着她的名字：阿拉赛丽，阿拉赛丽，上帝呀，你让我疯狂，阿拉赛丽。他们像动物一样交缠着，拥抱着，粗鲁地爱抚着，水乳交融。她的手紧紧地抓住他的背部，他感受到她的牙齿撕咬着他的耳朵，她的舌头亲着他，口水弄湿了他的脖颈，两人情不自禁地呻吟着。

激情过后，两人依然紧紧相拥，倾听着对方重重的喘息声。拉米洛睁开眼睛，看到了一棵硕大风铃树的树干，在皱巴巴的树皮上他似乎看到了阿拉赛丽带给他的疑惑、恐惧和激情，三种情绪杂糅在一起。他以为他看到自己怀抱的是讨厌的、倒霉的、令人嫌恶的东西。同时，他才发觉此刻最大的灾难是自己的荒唐行为：他刚刚诱奸了一个未成年少女。

他突然意识到自己三十二年的芳华就这样完蛋了，毁在自己的社会成就之中。他已经预感到自己的事业要提早终结了，他本来可以在大学从事教育工作，将来有可能被任命为军政府的高级官员，比如法官，又比如部长，现在所有梦想都破灭了。这个女孩，这个少女，是她用这些滔天罪行毁了他的一切。她都可以当他女儿了，而现在他有可能让她怀孕，所有的道德已然沦丧，这比杀人犯更残忍。他无法控制自己的激情，所有的激情总会泛滥，就像巴拉那河的河水每年都会泛滥一样。阿拉赛丽欲求旺盛，他也一样。对他们两人而言，只要在一起任何罪恶都有可能发生。罪孽就是这样产生的：两个激情澎湃的人在一起必定会燃烧起来，而这轮月亮正好见证了他们的交合。

两人离开彼此的怀抱，默默地整理好各自的

衣服，往回走去。和来的时候一样，他们慢悠悠地走着。

走到半路的时候，从远处的黑暗中走过来一个身影。拉米洛想到刚才的一幕有可能被人看到了，顷刻间慌乱不安。而当认出那人就是阿尔米隆探长的时候，他吓瘫了，像是被钉在原地一动不动。

第十五章

“晚上好！”阿尔米隆说，然后看向阿拉赛丽，“晚上好，小姐。”

拉米洛和她点了点头算是回应了探长。

“博士，请跟我走一趟吧。”

“现在吗，探长？”

“没错，请吧。”然后他又看着阿拉赛丽，“特内保小姐，请您回家。”

阿拉赛丽乖乖地答应了，没有和任何人打招呼就离开了，甚至连拉米洛都没看一眼。

“这算是逮捕吗，探长？理由是什么？”

“我请您跟我走一趟，我们警局谈。”

“又是例行公事？”

“博士，我们对您已经足够客气了。”

“在我们这个国家警察似乎并不讲究客气吧，探长。”

“请跟我们走一趟。”

阿尔米隆转过身，向灰色的猎鹰走去。拉米洛发现这辆车没有挂牌照，他还看见从路对面走过来一个又矮又胖的家伙，身上裹着一套发亮的海蓝色西装。三人一起上了车，驾驶座上是一名肤色黝黑、身形高大的警察，他上身只穿了一件衬衫，手里捏着一方浸满汗渍的手帕。

回雷西丝特西亚的路上大家都不说话。拉米洛不开口提问也不想冷嘲热讽。尽管夜晚闷热难耐，但是车内的气氛让人不寒而栗，拉米洛索性就透过车窗看外头的月亮。月亮太热了，1977年的这个十二月，整个国家都被炙热笼罩。他想起了阿拉赛丽，想到自己已经卷入这么多麻烦当中，他内心前所未有地恐慌。

到达警局以后，阿尔米隆和矮胖子把他带到中午待过的同一间房子。一个一百瓦的聚光灯把房间照得如白昼一般，自然就更热了。他们让他坐在一把椅子上；阿尔米隆拿来另一把椅子反坐在上面，开始盯着自己的手看来看去，好像在告诉拉米洛他有足够的时间；另一个家伙则站在半掩着的门口。

“博士，”阿尔米隆刻意长长地呼了一口气说道，“我坦白跟您说吧：这件事的疑点太多，请您再给我说一遍，昨天晚上都做了些什么，不要漏掉任何细节。”

拉米洛如实交代了一遍，很长一段时间，他

语气非常坚定，把之前讲过的一切内容又重复了一遍。有些细节讲得更具体了，他不仅讲了和警车相遇一事，还提到了他和特内保的聊天内容：他们聊了医生和他父亲之间的深厚友谊；还聊了福柯[1]（拉米洛认为阿尔米隆根本不知道这个人是谁，但他故意说出来是想再次提醒探长他刚从巴黎回来）。最后说他母亲能证明他是几点钟回家的。说完后，他对自己讲述的故事非常满意。

“博士，想让我告诉您真相吗？”阿尔米隆不断地点头说道。

拉米洛看着他，眉头紧蹙。

“我觉得您讲的百分之九十九是真实的，但是我担心的是那百分之一。”

拉米洛继续看着他，默不作声。他已经被逼

---

① 即米歇尔·福柯，法国哲学家、思想家。——译者注

得走投无路了，但沉默是此刻最好的王牌。他会一直坚持自己的故事，他可以重复二十次，但是他们别想得到任何信息。随着他不断重复同样的故事，他将会使自己更加相信事情的经过就是如此。如果他们直接控告他的话，他的答复还是没有，不能承认绝对不能承认！

阿尔米隆又说道：

“汽车的方向盘和变速杆上你的指纹比特内保的多了很多，这点很让人怀疑。”

“因为几乎一直是我在开车。”

“但是根据您所说的，您无法知道特内保开了多长时间车。”探长跳了起来。

拉米洛心想自己简直愚蠢到家了，言多必失呀。

“您告诉我说他撞车了或者发生了什么事，那么他应该开的时间不长，不是吗？”

“正是因为这点才让我想不通，为什么他的指纹那么少。就好像是他睡着了，被人打晕了，”他看着拉米洛的眼睛说道，“然后，那人把他的手放在方向盘上以便遮住他的指纹。”

拉米洛耸了耸肩，事实上他非常害怕，为了分散注意力，他吞咽了一下口水，眼睛看着聚光灯。

“还有，”阿尔米隆不紧不慢地说着，似乎很累的样子，但是又耐心十足，“我怀疑是有人把特内保推到方向盘前边的，您下车回家的时候，没有看到他让其他人上车吗？”

“没有，如果有的话我早就告诉您了。”

“那倒是。”

阿尔米隆又点了另一支烟，并没有请他抽。

“法医说死者下巴这里有类似瘀青的撞伤，”说着他指了指自己的下巴，拍了两下，“我认为他是被人打晕的，然后被人推到方向盘前的驾驶座位上，最后车子被发动。”

“您的想象力非常丰富。”拉米洛努力说出了这句话，他之前发过誓一句话都不说，除非问他具体的问题。而现在他仰起头问：“您这是怀疑我杀了人？”

阿尔米隆看着他，两人互相盯着对方看了几秒钟。拉米洛心想这个男人很可怕，他太精明了。

“从某种角度说，我怀疑是您杀了他，您想让我告诉您为什么吗？”这家伙对自己将要说的话表现得很遗憾的样子，“现在我还无法证明，我还没想到您有什么理由要杀他，尽管……您看，您年轻有为，在法国留过学，这在我们这里可是非常了不起的。而且，正遇上我们国家的特殊时期您回国了。我知道您将会是一个没有任何前科的大学教师，会有很好的人际、社交关系，目前发生的这起凶杀案不会对您有任何影响……还有，我们也证实了您家和特内保家的父辈的友谊关系。所以我想不到您有什么理由去杀害这位镇子上的医生，虽然……对了，您和特内保小姐是什么关系？”

拉米洛不得不强忍着激动的情绪才没有从椅子上跳起来，他感觉到皮下的肌肉正在慢慢收缩，此刻的他悬心吊胆，惊恐万状。

“我们是好朋友，家族的好朋友。当我离开查科的时候她还很小，我是昨天晚上才再次见到她的。”

“她很漂亮，对吗？”阿尔米隆看着他，挑眉说道。他没有笑，但在拉米洛看来他是笑了。

“是，非常漂亮。”

第十六章

两人又一次四目相对了一会儿，直到拉米洛骂自己真是个大傻瓜，竟然一直这样佯装胆大。应该装出一副很自然随意的样子，可是他做不到，他真的无法做到。最后，他提醒自己可以假装出令人讨厌的样子，于是他斜靠着椅背跷起了二郎腿。

“有一个人想和您谈谈。”阿尔米隆说完，站起身叫来矮胖子，点头示意了一下，对方就立刻明白了，几乎是跑着离开的。拉米洛害怕了，心脏怦怦地跳跃着，久久不能平静。

很快进来了一个男人，这个人中等身材，比阿尔米隆还要消瘦，五十岁左右的样子。下身穿着一条浅黄色的裤子，上身一件蓝白相间的条纹衬衫，熨烫得十分平整，脖子上戴着一条丝质方巾。肤色黝黑，看得出是有钱人。厚厚的嘴唇上面蓄着一小撮胡子，有几根已经发白了，和鬓角的胡子相得益彰。左手的无名指戴着一枚硕大的纯金戒指。

他坐在写字桌上，一条腿晃来晃去。看那一副自命不凡、胜券在握的样子，拉米洛猜想他肯定是个军人。

“知道我是谁吗？”

“不感兴趣。”

“阿瑟德斯·卡洛斯·甘波·博斯切蒂中校。”

拉米洛挑了挑眉。

“他们没告诉你吗？”

“很遗憾，没有。”

“也难怪，您是刚来的新人。我是查科省警察局局长。”

那家伙似乎很为自己骄傲。

“很高兴认识您。”拉米洛说。

那人连连点头，然后噘起嘴巴摸着自己的下巴。

“您遇上了大麻烦，贝尔纳德斯博士。”

“我看出来了，您到底想让我做什么？该说的我都已经说过两遍了，似乎阿尔米隆探长并不相信我。”

“我想说的不是这个。”中校用亲切、几乎是友好的口气说，然后又叹息道，“我实话告诉您，我们很清楚是您杀死了特内保医生。我们不费吹灰之力就能拿出证据，但这不是关键。在这里，如果警察想要证明什么，他们就会去做，就这么简单，您明白我的意思吗？博士，您不要把这里当成法国，这里，我们正身处在一个充满战争的国家，虽然只是内战，但毕竟也是战争。因此我希望我们能够相互理解。”

“我没有杀人。”

“我亲爱的贝尔纳德斯博士，当我说我希望我们能够相互理解的时候，我是想说我们很清楚是你杀了特内保，这并不是我们的推测，事实就是如此。您杀人的动机目前还不是很明确，但是我坦白告诉您，我丝毫不担心找不到真相。如果我们真的想让您交代的话……”他停了一下，“您应该知道对我们来说易如反掌。我们有各种方式……嗯！”

拉米洛打了个冷战，他想起了在巴黎时听过和读过的一些关于流亡者的报道，不过，他从来不相信报道中所说的那些野蛮行径。事已至此，他决定赌一把。

“中校，你们要对我严刑拷打吗？我以为这些手段你们只是用来对付那些游击队员的，或者是你们认为的那些激进分子。”

“我会换另外的方式去做，这不是要和您讨论的话题。我要说的是……”他迟疑了一下，“像您这样的人正好被卷入这起案件中来，真是太遗憾了。”

“您这话什么意思？”

“因为我们等您很久了。我们正需要接受过良好训练且思想纯洁的人才。”

“什么意思？”

“博士，我再说得明白一点：您被大学聘用并不是因为您的学业，也不是因为您的文凭。在我们组建武装力量的过程中，没有我们允许，这个是不可能的。您就是我要称之为‘预备力量’的人，是我们正在考虑的人选，我们对您非常感兴趣。到目前为止，您的履历简直完美得无可挑剔。您发现了吗？而这个……我们告诉您吧，这起犯罪案打乱了一切。因此我希望我们能相互理解，我再好好给您说一次：如果您坦白交代，我们可以帮助您。”

“就算我是杀人凶手，我还是不明白，您想干什么？”拉米洛尽力让自己镇静、放松，事实上他非常害怕。

“我说如果您如实招供的话，我们可以处理所有事情，会想尽一切办法让大事化小。”他专门强调了“一切”，“您想象一下，这里发生的任何一件小案子，警察局局长都不会亲自跑来和嫌疑人谈话的，对吧？况且这里几乎不会发生这样的案件。您应该知道，我还有很多其他的事情要处理，比如公共秩序、国家利益等。因此，既然我来见您了，那就说明我们对您很感兴趣。我们在乎的是您，而并非那个醉鬼。而且只有我能帮您，我想帮您，言至于此，您明白吗？”

“我没有杀人。”

“见鬼，贝尔纳德斯！”他理了理脖子上的真丝方巾，“你现在唯一要做的就是坦白，老实交代，我来处理剩下的事情。然后我们再谈，因为我们正在实施一个长期的计划。在这个计划中，我们真正的敌人是那些颠覆活动，是国际共产主义，是世界性有组织的暴力活动。我们的目标就是消灭恐怖主义，重建新型社会。我之所以让你招供，那是因为我们应该负责处理任何一件罪行，不管理由是什么，因为我们需要建立一个非常有序的社会。这种秩序是指我们不能允许有杀人案件发生，尤其是不应该出自那些本应与我们为友的人之手。明白吗？况且，谋杀就是缺乏对生命的尊重，是对生命的亵渎。人的生命和财产应该像上帝一样是神圣不可侵犯的！”

“可是我没有杀特内保。我也不知道要不要和你们合作。”

“那你就得看清楚状况：现在，在这个国家，要么与我们为友，要么与我们为敌，没有中立可言。”

拉米洛不说话了。甘波·博斯切蒂用双手把八字胡分别往两边捋了捋，然后从兜里掏出一块散发着薰衣草香味的手绢，擦了一下额头，又继续和颜悦色地说道：“现在的问题就是您赶紧招了，我们会竭尽全力把事情处理妥当。当然，我们可不希望您沾上任何污点。”

拉米洛真想问问如果他不招供会怎么样，不过那样就会暴露自己。他虽对这个洁净优雅、魅力四射、胸有成竹的男人的演讲惊讶不已，但是此刻他最大的感觉仍然是非常害怕，所以他最好的王牌就是继续沉默。他再次告诉自己，他们什么都证实不了。如果他们找不到他的杀人动机，也就是说，如果他们不知道他和阿拉赛丽之间的事，那他们就不能指控他的谋杀罪名。在查科，很有可能他是唯一有动机杀死特内保的人。晚些时候他必须提醒阿拉赛丽，让她万事小心谨慎，不过这是另一个话题了。虽然她令他疯狂迷恋，但他不确定她是否愿意继续维持这种关系，所有这些都是后话。尽管甘波·博斯切蒂已经很清楚地威胁说要对他严刑逼供，但是现在还是要拒不承认。

“有话对我说吗？”

“我不知道您希望我说什么，中校。”

“要交代了吗？”

“我没有什么交代的。”

“真是不见棺材不落泪呀！”这家伙似乎对此事乐此不疲，“贝尔纳德斯，走着瞧，我们还有其他的牌足够让你开口。我们手里的牌比你想象的要多，不过这些可以慢慢来……不如我们请卡车司机走一趟。”

第十七章

拉米洛又一次感到身上肌肉猛烈收缩，心脏似乎突然停止了跳动。但是因为已经非常紧张了，他想着不能因为这个军人的恶意伤害而表现得更加害怕。他想，如果此时此刻给他测量肾上腺素的话，指标肯定严重超标。他瘫在那里，尽量屏住呼吸，甘波让人带目击证人过来。

那人进到办公室，身后跟着阿尔米隆。他比拉米洛想象中的矮小多了，不过还如他记忆中那样健壮，肌肉很发达，尤其是两只胳膊，其中一只胳膊上刻着用辅音字母拼成爱心形的文身。他穿着一件麻布短袖衬衫，一条非常旧的牛仔裤，脚上一双帆布鞋。手里拿了一顶防水的提罗尔帽子，旁边插着一根羽毛，在夏季这么一个酷热难耐的晚上，这顶帽子显得那么滑稽可笑。那人很害怕，看得出来他对警察局这种地方还是很害怕的。

“晚上好！”他怪声怪气地说。

甘波坐在桌子内侧，一条腿摇来晃去，指着拉米洛说：“认识这个男人吗？”

那个男人用手摩挲着抱在怀里的帽子，稍稍耸了耸肩，看着拉米洛，开始仔细打量他。拉米洛也看着他，心想输就输了，奉陪到底。他抬起头，目中无人的样子，他相信他干净整洁的服装，一丝不苟的发型，这一身大学生模样的打扮肯定会让卡车司机失望的。

“我不确定。”

“站起来！”甘波生硬地命令拉米洛。

拉米洛站起身来。

“绕桌子转一圈！”

于是拉米洛围着桌子转了一圈，甘波回头看着卡车司机。

“认出他了吗？”

“先生，他很像那个人，但是……说实话，我不确定。当时天很黑，我也没有特别留意。”

“该死的，他在你旁边坐了好一会儿，不是吗？你只说很像管屁用。是或者不是？”

卡车司机似乎和拉米洛一样紧张，双手不停地揉搓着手里的那顶帽子，然后伸出舌头舔了舔嘴唇：

“如果这位先生开口说话，或许……”

“说几句话！”甘波命令拉米洛。

“中校，我不知道您想让我说什么。”拉米洛字正腔圆地说了这些话，就像老师在教学生一样，“我从来没有见过这个人，不知道您想怎么样。”

说完后，他对自己刚才的那一番话颇感自豪。

“现在呢？”甘波催问着卡车司机。

“不，先生，搭我车的那个人是巴拉圭人。这位先生和他很像，但是说话口音不一样。”

“任何人都可以模仿巴拉圭人说话。”站在卡车司机身后的阿尔米隆插了一句，把司机吓坏了。司机回过头来，受惊的样子就像自己听到了上帝的声音。

“不要理会他说话的口音！”甘波说，冷冰冰地看着那家伙的眼睛，“是搭你车子的人，或者不是？”

“嗯……我觉得那人是另一种身份，这位先

生……”

“他可能很脏、很累，”阿尔米隆说，“你只简单地说能不能认出他。不要害怕，朋友，真相是不会冒犯人的。”

司机向他投去感激的目光。

“是他？”甘波用拇指和食指比了一个圆圈，然后又从上到下放了下来说，“不是他？”

“这……我觉得是，先生。”

“谢谢！”甘波满意地笑了，“阿尔米隆带他下去！”

两人离开了，甘波点了一支香烟，他站起来，在拉米洛身边绕了一圈，停在他身后。

“你输了，贝尔纳德斯。”

第十八章

他们留他一个人待着。他听到甘波下命令说，明天一大早带他去正式录供词，把阿尔米隆探长的审问再过一遍。再晚点，负责看管他的那个矮胖子和进来的另一个穿制服的警察说了些什么，后者就开始接手他的事。这个家伙摆着一副冷面孔，一声不吭地把他带到警卫室，在那里另一个警察登记了他的资料，没收了他的证件，把它们存放在一个抽屉里。接着，扣下了他的手表、腰带、鞋带，还有他的钱包。最后他们检查了一遍他的口袋，空荡荡的什么也没有。

然后他们返回到楼里边，穿过一扇门，他就被带到一个散发着恶臭的地下室，那里有十几个牢房。警察打开一间牢房的门，摆了摆头示意他进去；最后锁上那扇结实的铁门，只在门上方留了一个小窗口，铁门锁上的声音非常刺耳。

整个过程中，拉米洛感觉自己非常害怕，他已经心力交瘁。他想，虽然这警察局局长说得那么天花乱坠，但也不应该过于害怕卡车司机的证词。在法庭上，他的话也不是非常有说服力。因为很明显当时卡车司机非常害怕，而甘波也恐吓过他。如果让他对《圣经》、对一个秉公执法的法官起誓的话，那家伙肯定会有很多疑点，肯定会说他捎的那个人是巴拉圭人，只不过和被告有点像而已。现在真正让他担心的是甘波的暗中威胁。他不相信，也不愿意相信他们会对他严刑逼供，但是得随时提醒自己现在是在查科，1977年的阿根廷，如果要问在这里最缺乏的东西是什么，那就是安全保障。甘波曾经告诉他："博士，你不要以为自己还在法国！"

他当然知道这里的形势如何，但是无论如何他还是选择了回来。为了八年来那份浓浓的思乡之情，为了有可能在东北大学从事教育事业的梦想，他选择回到故乡。虽然还不是十分确定要去大学工作，但是他很清楚，凭着自己的资历很有可能在政途上有所建树。不管他愿不愿意承认，甘波在这方面的确猜对了，自己本来前途无量，而今因为这件事情备受牵连而前途未卜。他告诫自己，无论如何都不要中了招供的诱惑，这家伙的任何许诺都疑点重重，绝不能轻信。他也很高兴此刻自己仍然保持着清醒的头脑。

牢房简直恶心透顶。看起来有六平方米左

右，水泥地面上湿漉漉的，不知道是不是尿液，因为氨水的气味特别刺鼻。他没地方可坐，只能找一块相对干净的角落。屋顶很高，没有窗户，只有一个小孔，微弱的月光从那里渗进来。房间漆黑一片，刚到地下室时他还觉得这里比较凉爽，可是马上就感到闷热难耐，汗渍缠身。虽然已经筋疲力尽，但今晚在这地方肯定是没办法睡觉了。这已经是精神如此紧张的第二个晚上了，他总感觉有人在追捕他。

突然，传来刺耳的查玛梅舞曲[1]，好像是来自广播，不过音量放到了最大。在班多钮手风琴[2]不和谐的伴奏下，二人组合演唱着一首迷失在棕榈林和流沙中的爱情歌曲。拉米洛辗转反

---

① 阿根廷查科省的一种著名民间舞曲，与捷克的波尔卡相似。——译者注

② 阿根廷探戈乐队中不可缺少的一种手风琴。——译者注

侧，非常不安，正在发生的这一切让他懊恼不已。他不明白自己何时竟变得如此冷酷，如此小心翼翼。为什么一切都失去了掌控？自己怎么会因为一时欲火焚烧竟变成了一个强奸犯、一个杀人犯呢？他承认自己现在很痛苦，很气愤，他在墙上砸了一拳，回应他的是一声闷响和掌骨火辣辣的疼痛。“该死，还不是因为她太漂亮了，她有着天使般的容颜，却藏着恶魔般的心计。”他说着就想到了阿拉赛丽。可是，像他这样一个人怎么能疯狂到如此地步呢？没错，可以的。每每这样问自己的时候，他必须承认这个女孩简直就是魔鬼化身，她就是梅菲斯特[①]，是专门来破坏他生活的。黑暗中他笑了，笑容里饱含苦楚。

---

① 即梅菲斯托费勒斯，简称梅菲斯特。最初作为邪灵的名字出现于浮士德传说中，此后在其他作品中成为代表恶魔的定型角色。——译者注

广播里很长时间都在播放着查玛梅舞曲、利多拉尔地区的民间乐曲和一些商业广告。现在广播声音停止了。拉米洛觉得，在一片寂静中，他听到了远远的呻吟声；过了一会儿，又听见了广播的声音，音乐人查理·加西亚的话题打破了黑暗中的寂静，结果更加勾起了孤独者的孤独。他还听到另一个囚犯说的下流粗俗的脏话，那人好像就在自己隔壁的牢房。

有那么一会儿，尽管放着音乐，尽管闷热潮湿，他还是睡着了。后来阿尔米隆探长的声音从小孔传进来，把他吵醒了。

拉米洛不知道自己到底睡了多长时间，应该没睡多久。牢中黑暗依旧，在这里已经没有了时间概念。他真的太累了，就好像他干了一晚上的重活，而并非睡了一晚上的觉。不过从某种角度上来说还真是这样。

“干什么？”他朝小孔问道。

“过来，靠近点。”

拉米洛站起身来朝门口走去，他已经身体僵硬，全身就像散了架一样，身上湿漉漉、脏兮兮、黏糊糊的，这牢房里太热了。

“什么事？”

“你可以出去了，不过在这之前我要和你谈一谈。”

“为什么我可以出去了？你们改变主意了吗？还是你们找到凶手了？”

“别搞笑了，凶手就是你，这点我很确定。而且现在我明白你为什么那么做了。”阿尔米隆笑着打开牢门，“甚至我都有点忌妒你了。”

拉米洛走出来，怀疑地眯上了眼睛。他妈的，又故弄玄虚给人营造紧张气氛，那种因卷入这种倒霉状况而产生的恐惧感又一次侵入心头。

外头亮堂多了，他觉得天应该已经亮了，于是就问了一下。阿尔米隆回答说是早上七点半，他就想知道拉米洛这一晚上在里面过得怎么样。

“糟透了，他们一晚上都在放广播。”

“看来小伙子们干得不错。”

拉米洛问他能否去趟厕所。阿尔米隆带他穿过所有的牢房来到走廊尽头，那里有一扇门。阿尔米隆在门口等他，他去小便，然后洗了洗脸和手，并把头发打湿。当他转身要出去的时候，阿尔米隆笑了，递给他一支烟抽。

“您笑什么？”

“博士，你简直是个人才。”

他幽默地说道。拉米洛发现在这句讽刺意味十足的话中，也包含着一些真诚的羡慕之意。

“为什么？”

“你说过你母亲可以证明前天晚上你四点钟

回家的，对不对？”

拉米洛不敢确定，把后背挺得直直的。

“就是。”他小心翼翼地、一字一字地说。

“可是特内保小姐说案发当晚，你和她过的夜，就在她的床上。”

这突如其来的消息让他惊讶不已。他看了阿尔米隆一眼，但并没有看见他，发现自己除了瞠目结舌竟无言以对。

“所以说我忌妒你嘛。”阿尔米隆放肆地、幽默地说着，“你真是个人才，不过你也不要高兴得太早了！”

他严肃起来，眼神也僵住了。

“可是，”拉米洛紧张起来，猜想这很有可能是他们设的一个陷阱，“可是巡逻警察说过，他在凌晨三点多见过我和特内保。”

“没错。不过她说你回到你的房间，然后你

们一起目睹特内保醉醺醺地上了福特车。我们不会相信她的只言片语，不过作为证词的话就可以救了你。”

“现在？”

“当然！”阿尔米隆冷冰冰地、不紧不慢地说，“不过我有预感我们还会再见面的。出来吧！”

第十九章

在值班室里他们把他的个人物品还给了他，而他像个机器人一样一一接过手。当他从阿尔米隆指着的门里出来的时候，他们二人对视了几秒钟。警察那冷漠的眼神似在警告他，不要以为事情就这么完了。拉米洛只想说他受够了，他已经筋疲力尽了。

大楼接待处的一张长椅上，母亲和卡门背靠墙壁坐在那里。两人身穿黑色衣服，沉默不语，只是不停地抽泣着。旁边坐着他的中学同学兼律师朋友海梅·巴托鲁奇，身穿毛葛料子裁剪的千鸟格西装，显得非常严肃，此刻他正跷着二郎腿悠闲地抽着烟。朝街的窗户旁边，站着阿拉赛丽，她下身穿一条紧身牛仔裤，上身一件绿色小短袖，完美地衬托出她那还没发育完全的曼妙身段。她站在值班室门口，双臂微微下垂，双手在腹前合十,一副无精打采的样子。

看到他出来了，她如同梦中惊醒，跑到他跟前抱着他的脖子亲吻，嘴里大声说着“亲爱的，亲爱的”，回声飘荡在大厅的每个角落。拉米洛僵硬地站着，很难为情的样子。卡门一把鼻涕一把泪哭得撕心裂肺，手里拿着小手绢不停地抹着眼泪。海梅像弹簧一样“噌”地站了起来，而玛利亚走到他跟前摇着头遗憾地问：“你到底做了什么？”

此时，阿拉赛丽松开拉米洛的脖子，挽着他

的胳膊，大声地、确定地解释说：“我把真相都告诉他们了，亲爱的，说那天晚上你一直和我在一起，我们两个恋爱了。”

拉米洛咽了一下口水，深深地呼了一口气。当他们走出来的时候，他知道阿尔米隆肯定在某个地方看着他，他似乎想起或者依稀又听见了查玛梅舞曲。

第四部分

你所不知亦为你所知晓，

你所拥有亦即你所失掉，

你所处之地亦是你所不在之地。

——托马斯·斯特尔那斯·艾略特

《灰色星期三》

第二十章

他一整天都在床上躺着，落地扇发出的呼呼声让他精神有所舒缓，不过他一直昏昏欲睡。睡着后又噩梦不断，醒来了好几次。中午也没起来吃饭，下午三点半时醒了一次，五点钟又醒了一次，每次醒来后他都想继续睡。

傍晚时分，他点燃了一支烟，看着金属百叶窗外的白昼如何慢慢褪去，夜幕悄悄降临。

他非常沮丧，虽然暂时被释放出来，但是他很清楚地记得阿尔米隆的警告：您的境况依然很糟。他说得对，一切矛头都指向了他：第一，他被阿拉赛丽勾引，而这个女人他一点都不喜欢。

第二，他还是不可避免地被卷入了这起事件，因为当天的报纸——他在睡觉之前已经读过了——已经间接地把他和杀害特内保的凶手联系起来了。当地两家报纸《领土报》和《北方报》对这件事情大做文章。在查科这个地方还从来没有哪一起案件能引起如此大的轰动，这件事绝对是媒体钟爱的素材。可想而知，就算最后排除他的嫌疑，第二天他的名字依然会出现在各大报纸上。他们又该如何解释他和此事无关呢？甘波和阿尔米隆又会说什么呢？昨天他们刚刚表示已经掌握了一些线索，早晚会将凶手缉拿归案。他们要交给媒体一个怎样的凶手呢？因为之前他们已经当着记者们的面明确表示这不是一起事故，更不是一起自杀案件。虽然没有对他的严重指控，可事实上他的名声已经被牵连了。有些丑闻是想挡也挡不掉了，因为在雷西丝特西亚这件事必定会成为大家茶余饭后的谈资。

第三，就算他能和这件事情撇清关系，可对大学校领导们来说这却是关键所在。有一点他不能忽视的是，他被大学录用这事应该要泡汤了。更何况他没有和甘波合作，这家伙曾对他直言：“你能被大学聘用并不是因为你的学业，也不是因为你的文凭。”今天这位警察局局长又会对记者们说些什么呢？说他们弄错了？这简直是天方夜谭。当然他们也不会把阿拉赛丽的说辞透露给媒体，因为她是个未成年人，而且如果那样做的话显得警察们愚不可及。不过那位令人望而生畏的中校，他可是能搞出任何新鲜花样来的。

他现在无处可逃了。回巴黎？不可能，因为他没有钱。就算他有钱，甘波和阿尔米隆也会让联邦警察在布宜诺斯艾利斯跟踪他，阻止他更新护照，而法国恰巧又离得那么遥远。但是无论如何，他很清楚，只要他们找不到凶手——他们是不可能找到凶手的，他就一直在他们的监控范围之内。那个家伙曾经告诉过他：一切都在他的掌控之中。

那阿拉赛丽呢？她做这一切到底是为了什么？这个女孩简直疯了。她就是一个梅菲斯特恶魔。真的，他并非开玩笑。很明显她知道是他杀死了她父亲，那为什么她还用这么有力的不在场证据救他呢？难道她是魔鬼？他心想，不管她是疯子还是魔鬼，这都让人毛骨悚然，因为他已经被她困住了。毫无疑问她知晓一切真相，而现在她竟然救他出狱，他永远都不可能信任她。事实上，他中套了。如果她现在的所作所为就是为了报复他不但强奸了她，还杀了她的父亲呢？有这个可能……那么她会如何报复呢？会对他做什么呢？杀了他？或者让他做她丈夫？好吧，他知道，阿拉赛丽现在任何事情都做得出来，任何事情！浮士德博士彻底输了。

她理应恨他入骨。的确，无论她多么水性杨花，多么激情澎湃，多么欲求不满，她都应该恨他。显然她并没有，因为如果她恨他的话，她还能如此疯狂、野蛮地和他偷情欢爱，拼命地想让他一次又一次地占有她吗？难道爱上他了？她疯了，他真搞不懂她，他唯一能确定的就是这一点。这一切令人匪夷所思：一个少女，几乎是一个发育过快的姑娘，过早遭受伤害的女孩，竟然把他玩弄于股掌之上，而他竟无法脱身。他还没有忘记多丽娜呢，他们曾经是多么幸福的一对儿呀！他一直很幸福，直到……算了，这是另外一个故事。总之他现在在劫难逃了。

难道她想和他结婚？想抓住他？上帝呀，这是多么可恶、荒唐的想法呀！他的生命正处于精彩时期，他还爱着那个万森纳的女孩多丽娜呢。他不喜欢现在的这种孤独感，尤其是在家乡，他本来有不可估量的前途，人们都会认可他甚至崇拜他。不，他当然不想结婚，尤其是和这样一个小女巫。是她挑起了他的激情，是她让他欲望高涨直到最后失控，和她在一起简直太销魂了。他还从来没见过这么妖媚的女人，可是她……她才只有十三岁呀！这简直太荒唐了，况且，她这是要当婊子的节奏呀，他不能和她这样一个欲火冲天的女人在一起。这一切才刚刚开始，妈的，他觉得她会成为一个十足的婊子，那他就得戴一辈子的绿帽子。谁能忍受得了这样的生活！他在床上辗转反侧，声声叹息，一个倒霉的绿帽男！

不，他不会结婚的。可他又找不到逃脱的办法。他觉得自己就像藏在冰箱背后的一只被追赶的猫咪，非常害怕。

没错，他糟糕的境况丝毫未改变。

第二十一章

晚上八点半的时候，阿拉赛丽给他打了通电话，说她在雷西丝特西亚一个朋友家里，想让他带她去丰塔纳。拉米洛没说话，他在想，如果阿拉赛丽是命令的口气倒也罢了，可偏偏是一种无法回绝的镇定，不是着急，而是镇定。今晚他不想见她，可她的声音里带有明显的挑逗。

正好克里斯蒂娜的男朋友在他家，这个小伙子因高度近视，圆圆的脸蛋上架着一副金边眼镜，当拉米洛问他借用车子的时候他无法拒绝，只能借给他。其实拉米洛也不想再借车子，可是没办法，既然阿拉赛丽让他去接她，那他就去吧。他一边发动那辆小型菲亚特600，一边心里想着“我就是个大笨蛋”。

那个地方位于萨恩米托大街，离他们家不到十五条街。到了之后，拉米洛摁了两下喇叭，声音非常刺耳，阿拉赛丽出来了。她还是那么迷人：下身穿一条牛仔裙，配一件彩色格子衬衫，胸部往上的扣子敞开着，脚穿一双皮质低跟凉鞋，一头乌黑的秀发披散在肩上，看起来就像一个调皮的洋娃娃。看着她向车子走来，风姿妩媚，自然而不做作，拉米洛忍不住舔了舔嘴唇。的确，阿拉赛丽，她阳光、年轻、娇艳欲滴，就像克隆达地区的新鲜草莓一样，令人垂涎三尺。

她上车后关上车门，他什么也没问就发动了车子。她先在他唇上印了一个湿吻，然后告诉他说她一整天都和这个朋友在一起，因为她家里的气氛实在让人受不了："我妈她哭呀哭呀，还会继续哭个不停，我弟弟妹妹们也遭殃了，而且我不知道什么时候才能见到你，给你家里打了好几通电话，你妈妈说你在睡觉。你妈妈对我的态度特别不好，她已经不喜欢我了。"说完她哈哈大笑起来。

拉米洛心想这个姑娘的心到底是什么做的，很显然她一滴眼泪都没掉过。

"阿拉赛丽，我觉得我们得谈谈了，好吗？"

她反身双膝跪在座椅上看着他，他继续开着车，但是能感觉到她一直盯着他看，而且突然变得严肃起来。她问道：

"谈什么？"

"嗯……谈谈发生的一切，发生了太多事情。"

"我可没有什么要谈的，什么也不想谈。"

“为什么？”

“不想就是不想！”

她打开音响，调到一个巴西的电台，那里正播放玛利亚·格莱芜萨的一首歌。拉米洛皱了皱眉头什么也没说，他安静地开着车穿过市中心；而她一边听着音乐一边跟着节奏扭动着身体。

“你要去哪里？”

“随便啦，我们出城去。”

“去丰塔纳？”

“随便你。”她继续扭着，现在播放的是裘宾[1]的音乐。他沿着交叉路口前行，看着路边的一个个烤肉摊闪过，鼻尖飘来烤肉、烤下水散发的香味；一家家灯火灰暗的餐厅掠过，那是卡车

---

① 即安东尼奥·卡洛斯·巴西里罗·迪·阿尔梅达·裘宾，生于里约热内卢，逝于纽约，亦称汤姆·裘宾，是曾获格莱美奖的巴西词曲创作人、作曲家、编曲家、歌手、钢琴家与吉他手。——译者注

司机们歇脚的地方。很快他们就上了公路，皎洁的月光照亮了夜晚。拉米洛把车匀速开上了去往玛咖列的道路，从那里经过蒂罗尔港口，然后半小时左右就可以到达丰塔纳。

车子拐弯之后离开了16号公路，阿拉赛丽让停车，拉米洛觉得他脖颈的肌肉瞬间紧绷了起来。

“别，今天不行，宝贝。听见没？等一下！”他没有刹车，保持同样的速度继续行进。

“我想要！”她说，声音就像在机场迷路的小女孩一样温柔，“现在就想要。”

她的呼吸变得越来越急促。拉米洛觉得不能这样，这个女孩实在是欲火太旺，想必是她的子宫发热，而我就是那个罪魁祸首！怎么会这样，我会被榨干的，我可不想这样。不过，当他感到有只手在他裤子上抚摸的时候他激动地开始结巴、颤抖起来。

“今天不行，真的，我很累。”他把她的手拿开，努力让车子平稳前行，“我已经两个晚上没有睡觉了。”

“可是你一整天都在睡觉呀！”她委屈地说道，就像心爱的玩具被摔坏了一样伤心。

“可我还是很累呀，阿拉赛丽，拜托，请你理解。”

两人都陷入沉默，他继续开车，余光偷偷瞄了她一眼，她噘着嘴巴，眼里闪烁着光芒，好像要哭的样子。

“你不要生气，要体谅我，我真的特别累。”他说。

可是实际上他并不是因为太累，而是非常害怕。这个小丫头简直让人捉摸不透。

不过当他想起自己曾经落入谁手的时候他

被吓着了，今天早上她为了把他从警察局捞出来找了一个借口，这个借口能管多少用处？和这个让他迷恋乃至理智全无的女人在一起他能忍受多久？如何才能让她在自己的掌控范围之内？

阿拉赛丽呜咽着，或许是吞咽了一些鼻涕，他不太清楚。她呼吸不畅，欲火焚烧，她再次把手放在他的隐私部位，然后那里就有一根桅杆高高竖起，完全不受自己控制。拉米洛感到很害怕，她欲望高涨，就像今晚的月亮一样照亮了夜路。他本想再把她的手拿开，可是她直接扑到他身上，开始亲他的脖子，缠绵不已，抹了他一脸的口水，犹如女版的加图[①]正在宣布“必须摧毁迦太基”。不过此刻的“迦太基”就是他自己，他无法阻止她，妈的，他肯定会毁在她手里的。

---

① 加图，古罗马政治家、作家和军事家。他的名言是：“我认为必须摧毁迦太基。”——译者注

他不得不在路边停下车子，因为这个菲亚特600在路上拐来拐去，他甚至都无法操纵方向盘。

他把车子停在路边靠近铁丝网的地方，想把挂在他脖子上的阿拉赛丽推开。而她却伸出一只手关掉车灯，扭动了钥匙让车子熄火，然后像一只发情的母猫开始呢喃：“我现在就要，亲爱的，现在就要。”说着她疯狂地拉开他裤子的拉链，然后一只手伸了进去，另一只手慌慌张张地掀起自己的牛仔裙。月光照进车里，透过微微月色拉米洛又看到了古铜色双腿上那发亮的汗毛，还有那条白色的小内裤，他知道自己抵不住诱惑，现在只能倒在她的石榴裙下。他骂了几句，这时阿拉赛丽兴奋地低头咬住了他的桅杆，他拽着她的头发抬起她的头开始吻她。他很愤怒，此刻俨然已经失去理智，他承认自己又变成了一只野兽。他放下座椅，让阿拉赛丽骑在他身上，一把扯开她的内裤，粗鲁地进入她体内。她大喊一声，然后兴奋、饥渴地开始狂野淫叫。两人身体笨拙地碰撞着，拥抱着，互相拍打着肩膀想要更好地刺激对方，整个车子也随之摇晃起来，直到两人兽欲得到释放。

菲亚特600停止摇晃了。

第二十二章

一辆载着南美原木的大型带挂货车呼啸而过，感觉地面都在震动。拉米洛觉得这个时候自己又清醒了，阿拉赛丽还骑在他身上，嘴唇还贴着他的脖子，只不过没有给他弄口水。她浓密的头发散发着一股柠檬的味道，两人均已大汗淋漓。透过她的肩膀，他看见了她的臀部，还有一片被扯碎的内裤，是他的杰作。他就这样看着她，然后透过挡风玻璃一边欣赏着夜色，一边调整自己的呼吸。他感觉很痛苦，比今天下午还要苦楚。

他想抽烟，努力想推开这个女孩在汽车的烟盒找香烟。正在这时，女孩紧张地将他紧紧抱住，嘴里说着“不，不”，接着又开始一边舔他的脖子，一边慢慢地扭动着她性感的臀部。他还在她的体内，两人的身体还没有分开。他皱了皱眉，心想她到底还想干什么？他不想再继续了，就算他想，现在可能也不行；就算他愿意，就算他能行，他也不想做。他太害怕了，来来回回的文字游戏只为掩饰内心的恐惧。

于是，为了阻止她，他说出了一直以来太想说而又不敢说的话：“阿拉赛丽，你相信是我杀死你父亲的，对吗？”他低声在她耳边说。

“我不想谈这个。”少女的声音不紧不慢地嘟囔着，“我想继续，我受不了了，再给我一次……”

她的臀部有节奏地左右摇来摆去，潮湿的下身在拉米洛那里紧紧地抽动着，纠缠着。有那么一会儿她突然出现痉挛性的颤抖，好似冷战。拉米洛发现他的身体竟然又一次出现了回应，他已经耗尽所有的力气了，不明白她到底想要怎样。他感觉整个人空空的，可是他的下身却又精神抖擞地回应着这个被激情燃烧的女孩。

“我们必须谈谈！”他抱怨道。

“狗屎！”她一下子挺起身来，不过下身并没有与他分开。她开始用拳头在拉米洛的胸前捶打，在他身上拱来拱去，喊道：“再给我一次！再给我一次！”

拉米洛抓住她的手腕制止了她，然后狠劲把她推到旁边的座位上，结果她撞在车门上。不过她一只手抓住座椅靠背，另一只手拽住后视镜站了起来。在看到她那一瞬间，他傻眼了，因为她嘴里有血流出来。两人都不说话，气呼呼地相互厮打着。她的力气比他想象的大多了，她竟然扑到他身上，扯住他的衬衫，捏住他的一个乳头狠狠地咬了一口。他感到一阵剧痛，于是暴怒了。他粗暴地在她颈背处打了一拳，这才让她松了口，然后他抓住她的脖子狠狠地掐了下去。

他用尽全力掐着她的脖子，说自己又一次发疯了，他疯了是因为他已受制于人，因为他的生活已经全部被毁，因为他是一个杀人犯。他手下动作越来越狠，因为他恨她，因为每次她想要的时候他都控制不住想要占有她，他很清楚，他的一生都将如此，因为他害怕、恐惧，此时此刻一切对他来说都无所谓了，他一边想着一边手上的动作越来越紧，不觉已泪流满面。

他望着月亮，抑或是洒下来的月光，月光又

射入车内，停留在阿拉赛丽的皮肤上。她绝望地睁着双眼，抓着他的两只手腕狠狠地掐着，指甲嵌入他的肉里，渗出来了血，但还是没能阻止他越来越狠的动作。他的手越来越紧，越来越紧，他看到她脸色渐渐发紫并开始抽搐，胸口发出闷闷的声响，这声响变得越发深沉，直到最后消失。她停止了抵抗。

而这时的拉米洛，一边抽搐一边哭泣，他对自己的禽兽行为感到害怕，但却并未停止手上的动作。他不知道自己这个样子持续了多长时间，阿拉赛丽早已彻底瘫倒，折断的脖子垂到一侧，像一枝被折断了的康乃馨挂在枝干上。很久之后，因被热浪侵袭，他汗流浃背，默默地任凭满脸泪水如雨而下。他看着月亮在天空转动、阿拉赛丽折曲的身体以及他双手之间那张已经发青的面孔。十二月份的这轮热月终于圆满了，查科省这轮炽热的月亮简直灼热似火。

此时的他依然激情高涨，下身坚硬无比，就如他的心肠一样坚如铁石，看到这样的自己他吓呆了。注视着火热的月亮他一泻如注。

第二十三章

他关掉车里的顶灯，然后下车，打开右边车门，把阿拉赛丽从里面拖了出来，拽着她的手腕一直拖到路边，再拖到离公路越来越远的地方，最后扔在一片棉花地旁边的电线杆脚下。

他回到菲亚特600车里，启动车子，调头返回雷西丝特西亚。他把车子加速到每小时一百公里，等到城里时已经晚上十一点半了。

他在一个公用电话亭给家里打了个电话，让克里斯蒂娜告诉家人到利古里亚去找他，就在军营对面，还说菲亚特在那里抛锚了。他说的这个地方在雷西丝特西亚城的另一端，在去科连特斯的方向。他点了支香烟，等了几分钟，努力不让自己胡思乱想，然后发动车子向家的方向驶去。

家里漆黑一片，没有灯光，从母亲的卧室里传来一个声音，问是不是他，他回答说是，让母亲不要担心他，说车子已经修好了。他清洗掉沾在手上的血渍，换了衬衫和裤子。找到自己所有的证件，将手中的尼龙袋子折起来，拿起能搜罗到的全部钱财和还没有来得及兑换的五百美元。

再一次回到车上，发动车子的那一瞬间，他问自己这一切是不是在做梦。他愣了几秒钟才发动车子，而嘴里胡乱骂了一通。

快出城的时候他给车子加满油，再检查了一下四个轮胎，看到一切都没问题，就快速离开，向福尔摩萨驶去。这下就好了，天亮之前应该能到达巴拉圭。

尾声

人入暮秋

如至荒野

谈死甚早

论爱晚矣

——阿莱多·路易斯·梅洛尼

《泥土之歌》

第二十四章

他闭上双眼，从窗边离开。继续这种东躲西藏的日子已经毫无意义了，因为他就是一个短腿的逃犯，随时随地都会被人发现。而此时他唯一能做的事情就是静下来好好想想，思考一下，回忆一下，但绝不后悔。

为什么要后悔呢？的确，是该后悔的，因为他失去了太多的东西，他拿生命做了赌注，而欠的债总是要还的，这一点从他在巴黎开始学习法律的时候他就已经很清楚了。啊，巴黎，那个风光如画、华灯璀璨的地方，塞纳河似一位羞涩的女子，轻柔地荡漾着、流淌着，河岸边的小船排成一排停靠在那里，聪明的渔夫们嘴里叼着烟斗。社会发展，先进的资本主义，生态环境，城市整洁，还有人们那无尽的冷漠。啊，巴黎，五彩缤纷的拱顶和屋檐，已经被定格于明信片上。巴黎，她与眼前从瓜拉尼宾馆八楼看到的这个矮小、平坦的城市有着天壤之别。这座城市落后、肮脏却又倔强地保留着殖民时期的优雅风姿，街道上那辆摇摇晃晃吱吱呀呀的淡黄色的电车向远处驶去，渐渐地消失在一幢上个世纪的建筑物后面。

还有远处的那条河流，朦朦胧胧，若隐若现。那是一条真正的河流，巴拉圭河，如同巴拉那河，几乎和巴拉那河一样。的确，条条大河，河面宽阔，暗流汹涌，扮演了多少次刽子手，就像这块土地的满腹怒气一样溢出河床，淹没土地，夺去了多少生命。妈的，在已经变成一个彻头彻尾的通缉犯的时候才伤春悲秋。可是谁会料到发生这些事呢？现在想这些还有何用？都是这份炙热惹的祸，炙热不仅容易导致死亡，而且会衍生出很多种死亡的方式。似乎在你自己还没发觉的情况下，那份炙热已经悄然来到你的内心想要检验一下到底是哪一种方式。但是，死亡——人类这一亘古不变的话题——如波澜壮阔的河流一样也在不断更新变换着。这个诅咒！

他坐在床上，喝了一口宾馆送来的可乐，由于里边加的冰块已经全部融化，几乎没多少可乐味了。天气热得越来越难以忍受，房间的哑巴空调是落后的另一体现，但这个还不是最重要的，最重要的是等待。他甚至都已经无所畏惧。他看向床前的镜子，自己的形象展现在眼前：裸露着的上身没穿衣服，脖子上那块印迹提醒着他阿拉赛丽曾经的激情，她的撕咬及吮吸。一块瘀青证明了之前所发生的一切，也证明了他所做的一切。可是，这只不过是一个转瞬即逝的证据，他对自己说，因为过不了几天，所有的痕迹都会消失。而剩下的就是那个看不见的东西，内心深处的才是存留下来的。内心深处的创伤是无法佯装出来的，因为这种伤痛不会留下任何瘀青。

啊，那一刻他多想就这样死去！或者出现一个像卡托布莱帕斯的家伙，博尔赫斯曾经提及过这个想象中的怪兽，所有人只要一看到它的眼睛就必死无疑。如果那个怪兽在这个时候出现，然后它看着我的眼睛，我会对它说：你好，卡托布莱帕斯！我会看着它，没错，我当然会看着它的。

因为落在即将灭亡者的手中肯定会好一点，

巴拉圭的警察随时会找到他，对他验明正身，然后把他转交给阿根廷的同僚们。拉米洛还记得阿尔米隆探长的那个眼神，他曾十分有把握地对他说他们还会再见面的。等巴拉圭警察移交他的时候，阿尔米隆肯定会在河对岸的克罗里达市那里等着他。很简单的一个手续就会搞定！而他就像一个物品，像一个货物，被转交给他人。

可他妈的，为什么这么久还没来？已经过了两天了，他们在等什么？

不，他们随时会来。他应该让自己好好想想，认真回忆，然后耐心等待。这一切都是他咎由自取，谁让他拿死亡和残暴不当回事！回想起他的荒唐行径，因对那个女孩的痴迷而做出的疯狂举动，他仍然震惊不已。而那个女孩，他再不想提起她，永远都不吗？对，狗屎，永远永远。

他想下楼去外头转转，再吃点东西，可他不

敢出门。于是，他开始在房间里走来走去。有一个声音告诉他可以逃跑，如果不试一下的话那就太傻了。不要，这都是些愚蠢的想法，因为这样一来，一切可能会变得更加糟糕。还有比这更糟糕的吗？他问镜子里的那个拉米洛。没错，会更糟，似乎另一个人这样回答。

“我不明白，我不明白，”他大声喊道，“我要疯掉了。他妈的，该来的为什么不一次都来呢？”

他回到床上，又点燃一支烟，躺下抽了起来。他要搞清楚，最起码得搞清楚，为什么在短暂的三个炎热的、空气焦灼的晚上，他的生活就被彻底粉碎。该死，都是因为他回到查科了，难道不是吗？查科，是一片炙热的土地，地处热带区域，森林郁郁葱葱，山峦层层叠叠，人们热情奔放，就像她，她现在是个无名无姓的指代，炙热和月亮。糟糕的组合，他告诉自己。他喝了一口可乐，然后想到了保罗和弗朗西斯卡，还想到了肉欲的罪孽和对他人的伤害。“我已经不是一个随便之人，而是一个流亡在外的人，是一个受谴责的人。”他心想。让他直接下第二层地狱吧！他和塞弥拉弥斯[1]、狄多[2]、克娄巴特拉[3]、特洛伊的海伦一样，注定要下第二层地狱了。他想起来马克·特内维的优雅的解释：保罗是一个自负狂妄之徒；而弗朗西斯卡是一个真正性感、懒散之辈；那个乔瓦尼，高塔中的一个怪物，一个温柔的恋爱者。从某种程度上讲，他自己就是一个恋爱中的乔瓦尼，只是他恋上了死亡。因此他必须得从第二层地狱下到第七层去，

---

① 传说中的亚述女王，女神之女，以美貌、智慧和淫荡著称。——译者注

② 迦太基女王。——译者注

③ 传说中的埃及艳后，以美貌著称。——译者注

那里是弥诺陶洛斯[1]和革律翁[2]掌管的地盘。

可是为什么他们还不来找他呢？应该都是那个婊子养的阿尔米隆的事情。那么如此说来，前往第七层地狱的行程就会被耽误。想走这条路还差得很远呢，因为他还很年轻，而且他住在一个无人之区。巴拉圭就是一个无人之地；还有亚松森，这家宾馆，还有查科省和阿根廷。无人之地：在这里，谈死甚早，论爱晚矣。这就是对他的惩罚。

就算他们对他采取刑罚也无所谓，对他的审讯和拷打也应该不会太多。甚至这个丑闻算不上对自己的惩罚，在一段时间内一部分市井小人会

① 半人半牛的怪物，负责看守地狱的第二层黑风谷，那里关押犯淫罪的人。——译者注

② 居住在大西洋伽狄拉海湾厄里茨阿岛上的巨人，高大如山，长着三个身躯和三头六臂，是巨人克律萨俄耳的儿子。——译者注

咒骂他以示愤世嫉俗，而随着事件逐渐降温，所有人被炎热的天气烤得晕晕乎乎，他们就会忘记这件事情，而转换成别的话题。秋季是让人们准备新收成的季节。庄稼收割之后要种植棉花，土地又会带来新的希望。军人们继续当政，甘波一伙人等依旧掌控一切。所有这一切还不算什么，真正的惩罚是自己不要太快坠入血流成河的第七层地狱才对；只要他每次想站直身体的时候，那个半人半牛的怪物不要向他射箭就行。真正的惩罚是在这块无人之地，他一个风流倜傥的大活人，不能入地狱也不能爱美女。

正在这时房间的电话铃响了，他从床上跳了起来。他们终于来抓他了。他拿起听筒，原来是宾馆前台的值班人员。

“先生，这里有一位小姐找您。”

拉米洛握紧听筒，屏住呼吸，他看向窗户外

边，摇了摇头。然后看着放在床头柜上的那本《圣经》，想到了上帝，只是他不曾有上帝，没有上帝。无论是此刻还是永远，他只有对查科闷热月亮的回忆，而这轮月亮镶嵌在一块皮肤上，他今生今世再不会遇到如此让他血脉偾张的肌肤了。

“你说什么？”

“先生，这里有位小姐找您，确切地说，是个小姑娘。”

纽约，1982 年 3 月

墨西哥城，1983 年 1 至 2 月

后记

2016年8月16日，受阿根廷著名作家**曼波·贾尔迪内里**的邀请，中国云南少数民族作家存文学、叶多多两位老师赴阿根廷查科省参加曼波·贾尔迪内里基金会组织的“二十一届国际读书节”，而我有幸作为两位老师的陪同兼西班牙语翻译一同前往。这是一个民间性质的文学盛会，但是其规模之大、参会人数之多简直让我们三位中国代表震惊不已，其影响力远远超出了查科省，在阿根廷全国甚至拉丁美洲其他国家都享有非常高的声誉。

第二天的午餐是在基金会本部举行的。在跨入基金会的那一刻，我被书架上陈列的一系列小说吸引住了，那是作者这么多年来的所有作品。然而更吸引我的是不同封面设计、不同语言的《热月》，细数一下总共有25本。这么一部“不起眼”的小说竟被翻译成了25种语言！其中还包括日语和韩语，真是难以置信！这时曼波向我们介绍了这本小说的详细情况：这本小说于1983年在墨西哥出版，之后获得了由墨西哥国立美术学院颁发的“国家小说奖”，他是第一个被授予该奖项的外国人。此外，这本小说曾经三次被搬上银幕，每次都引起了强烈的轰动。我不禁问他：“这么有名的作品，有日语版，有韩语版，为什么没有中文版本呢？”曼波不假思索地回答道：“那就由你来做我这本小说的中文译者吧！”于是，我与《热月》的爱恨情仇便拉开了序幕。

有人说，阿根廷文学是由流亡者们创造的。这话一点不假：博尔赫斯宁愿长眠于日内瓦也不愿意躺在阿根廷的国土上；胡里奥·科塔萨尔选择离开这个让他压抑、让他备受凌辱的国家，生活在巴黎，最后在蒙帕纳斯公墓安息；曼努埃尔·普伊格被电话威胁，不得不离开阿根廷，最后客死墨西哥。1976 年阿根廷国内爆发了军事政变，曼波·贾尔迪内里也如其他被迫害的知识分子一样，被迫流亡至墨西哥。他以为最多一年左右就可以回来，谁承想这一去就是近十年的时间。直到 1984 年，阿根廷国内形势好转他才得以重新回到自己的家乡。

1983 年，曼波在接受墨西哥“国家小说奖”时说：“让我感到震惊的是，评委们决定将这个奖项颁发给通常情况下不被看重的题材的作品。《热月》是一部黑色小说，我试图重拾一个宏伟的传统，它高贵、严谨，但却很少被关注。评审团成员能意识到这一点，这对我来说就是承认现代侦探小说，承认黑色小说，因为它与其他任何文学一样，不仅要求形式，也要求本质。”根据伊格纳西奥·泰博的说法，“阿根廷新的叙事小说中最精彩的作品都是在军事政变后创作出来的或者是在国外广为流传的”。曼波及其《热月》正好符合这两个特点：成于军事政变之后，在国外广为流传。

小说的背景是1977年12月的阿根廷，军人独裁下的白色统治，军人可以随便收买公民，或对他们进行威胁勒索，让他们为军政府效力。鲁道夫·瓦尔希在著名的《致军政府的公开信》中说：“新闻审查、迫害知识分子、强闯我在埃尔蒂格雷的住所、杀害我亲爱的朋友还有我的女儿——她在与你们的抗争中死亡……15000人失踪，10000人被捕，4000人死亡，不计其数的人流亡他乡，这些都是恐怖时期无法掩饰的数据。”在这种大的政治背景下，小说的主人公拉米洛博士从巴黎留学归来，原本满腔热血想要在家乡有所作为，却莫名其妙地犯下了强奸和谋杀罪。

独裁统治下人物的性格显得非同寻常：十三岁的阿拉赛丽是一名天真、美丽、聪明、睿智的少女，而对拉米洛来说却是充满诱惑、罪恶的性感异性。与此同时，查科省的热月成为拉米洛一切罪行的催化剂：因为月亮的炙热，拉米洛抵制不住阿拉赛丽的诱惑，强行与她发生关系，甚至最后残忍地想将其杀死，进而导致后续杀害特内保医生的双重罪行。小说充满张力的情节推进，激情而又魔幻的语言表述，并不影响我们这样理解：整部小说中，热月象征着阿根廷的独裁统治。在它白色光芒的影响下，原本理性的拉米洛变得狂躁、矛盾、冷漠、失去理智，他在理性与非理性之间徘徊不定，在对阿拉赛丽的爱与不爱之间犹豫不决。他将军人独裁统治下知识分子的郁闷、彷徨、失望演绎得淋漓尽致。军方为了达到他们的目的，对特内保医生的死亡丝毫不感兴趣，不惜使用威逼利诱等各种手段想将拉米洛这位优秀的知识分子纳入他们的麾下。面对这种诱惑，拉米洛经过内心复杂的斗争之后并没有屈服，依然决定逃亡。然而，即使在流亡期间，独裁统治的魔掌依然像阿拉赛丽的灵魂一样继续追随着他，折磨着他。只要独裁统治继续存在，只要拉米洛不与军政府同流合污，那么他就别想过安宁的日子。

在《热月》这部小说中，作者采用一种精心设计的讽刺语言来嘲弄军队，抨击独裁，揭露阿根廷的社会现实。众所周知，上个世纪下半叶的拉丁美洲，各国普遍遭受军人独裁统治，知识分子被迫流亡，进步人士遭到迫害，反对独裁成了当时拉美知识分子的共同使命。那么《热月》中的大查科其实也是拉丁美洲的缩影。作者一再强调，这种独裁统治能够长期存在，其唯一的武器就是暴力、恐怖以及罪行。要对抗这种现状，抗争是唯一的途径，也是主人公和阿根廷乃至拉丁美洲一代知识分子的宿命。

最后，这部小说的翻译得到了北京语言大学教师、翻译家孙新堂老师的鼎力支持，非常感谢他牵线搭桥并耐心答疑；同时也非常感谢墨西哥新莱昂州自治大学教师、青年译者范童心老师的大力支持，没有她就没有《热月》与漓江出版社的不解之缘；也非常感谢叶多多老师、唐民权老师对译稿提出宝贵的意见。感谢各位为《热月》所提供的一切帮助！

龙敏利

2019年9月1日

阿根廷布宜诺斯艾利斯